ER FANG

耳房

余耕 著

天津出版传媒集团
百花文艺出版社

图书在版编目（CIP）数据

耳房 / 余耕著. -- 天津 : 百花文艺出版社,2020.4
ISBN 978-7-5306-7884-8

Ⅰ. ①耳… Ⅱ. ①余… Ⅲ. ①长篇小说-中国-当代
Ⅳ. ①I247.5

中国版本图书馆 CIP 数据核字(2020)第 055065 号

耳房
ER FANG
余耕　著

出 版 人: 薛印胜
选题策划: 唐　嵩　刘　勇
责任编辑: 唐　嵩　李　楠
封面设计: 丁莘苡　版式设计: 郭亚红
营销专员: 李　彤
出版发行: 百花文艺出版社
地址: 天津市和平区西康路 35 号　　邮编: 300051
电话传真: +86-22-23332651（发行部）
+86-22-23332656（总编室）
+86-22-23332478（邮购部）
主页: http://www.baihuawenyi.com
印刷: 山东新华印务有限责任公司
开本: 787×1092 毫米　1/32
字数: 120 千字
印张: 7.25
版次: 2020 年 4 月第 1 版
印次: 2020 年 4 月第 1 次印刷
定价: 35.00 元

如有印装质量问题,请与山东新华印务有限责任公司联系调换
地址:山东省济南市高新区世纪大道 2366 号
电话:(0531)82079100　邮编:250104

一

宋雨田就像是一条执着的狗。上大三那年,他跟同寝室同学打赌，去门头沟参加一百公里越野挑战赛。赌注是宋雨田跑完全程,并拿到参赛证书,宿舍另外七个人包他半年伙食费。

百公里越野挑战赛分专业选手和业余选手两组,体力最次的业余选手完成全部赛程大约需三十个小时,宋雨田却用了三天时间才到达终点。滞后的原因,是宋雨田在途中五十五公里处扭伤了脚踝,负责收尾的救援队要抬他下山,被他拒绝了。按照惯例,第三天组委会撤掉了山上的路线标志,导致宋雨田在山里迷路了。迷路就迷路吧,他还咬着牙不打电话报警求助,直到自己摸索着下山到达终点,脚踝已经肿得比他的脖子还粗。到达终点，宋雨田的越野挑战赛还没有结束，他这个时候才摸出手机拨打组委会的电话，要求组委会给自己颁发参赛证书。组委会说他超时，不能为其颁发参赛证书。宋雨田说，你们只为专业选手规定最晚到达终点的时间，业余选手只要完成全部赛程就可以颁发证书。组委会又说，你没有按照路线打卡，成绩没有记录在册，不可能颁发参赛证书。宋雨田说，你们组委会主动撤掉中途打卡点，才害得我无处打卡。组委会说，你若再胡搅蛮缠，我们会把你列入黑名单，拒绝你参加明年的比赛。宋雨田说，你们若是不给我颁发参赛证书，我就去法院起诉你们虐待参赛的业余选手。组委会实在纠缠不过宋雨田，最终给他寄来一份一百公里越野挑战赛的参赛证书，参赛成绩为七十二小时，创下世界之最。

参加越野挑战赛大概是十五年前的事儿，参赛后那半个学期，宋雨田跟着同寝室七位同学轮流吃食堂。省下半年生活费，这对来自农村贫寒家庭的宋雨田来说，是一笔不小的开支。宋雨田为了节省在校支出，大学四年没有谈恋爱，他觉得谈恋爱太费钱。可青春期的荷尔蒙由不得他克制，每当心潮翻腾澎湃之时，他就去图书馆读书。后来，读书也难自控了。伊丽莎白那秋水盈盈的眼睛、埃丝苔娜那充满少女气息的胴体、郝思嘉欲霸天下的轻佻、阿尔伯蒂摇摆在两性之间性感的身材，时时刻刻都会亮相脑海，挑逗着宋雨田的欲望。于是，宋雨田抛开那些欧洲经典，改读路遥《平凡的世界》。同学方鹤鸣问宋雨田："管用吗？"

宋雨田说："管用，读得让人一点性欲都没有。"

再过些日子，《平凡的世界》也不管用了，因为他已经读两遍了。宋雨田把心一横，干脆自己动手写作。宋雨田算是才思敏捷那一类人，处女作写了一个中篇，投给了他心仪的文学刊物。一个月后，编辑打来电话，说是基础不错，但是够不到刊发的水准。得知宋雨田还是一名在校学生，编辑动了恻隐之心，提了几条建议让他修改。小说前后修改了三遍，还是没有通过。最后，宋雨田找到自己的老师，一位出版过好几部小说的中文系教授，在教授的指点下，这部中篇小说才得以刊发。宋雨田是个厚道人，小说最后署上教授和他的名字，并把教授的名字署在自己前面。教授安慰宋雨田，说选择文学这条路是人生最大的冒险，纵观古今中外凡是留下传世作品的人，大都经历过痛苦不堪的生活，因为，唯有经历苦难的人才会写出感人至深的文字。宋雨田对教授说："如果经历苦难是一个作家的必修课，那我肯定没有问题，我有自虐倾向。”

小说发表后，直到年底才拿到稿酬，总共两千多一点，差不多够他半年的生活费。放寒假的前一天晚上，宋雨田把同寝室的七位同学请到一家不错的西餐厅，他把两千块钱直接交给老板：“我不会点西餐，您就看着上吧，够我们八个人吃的就行，但酒水一定要管够。”

大学毕业后，宋雨田留在北京，一直靠爬格子维持生计。他本来可以回老家，进一家国有大企业的工会工作，工会主席觉得宋雨田相貌不凡，在学校就已发表过小说，是一个不可多得的人才。可教授也给了宋雨田忠告，说他如果回到地方，很快就会被地方文化同化，再也休想写出有性情的文字了。宋雨田最终放弃了安逸的国企工作，他选择了冒险人生，漂在北京，做他的文学梦。

一晃十多年过去，宋雨田到了三十六岁，仍旧是一个不入流的作家，而且至今未婚，没车没房。这些年，宋雨田做过小报和行业杂志编辑，帮企业老总写过自传，甚至给保健药写过用药感受。毕业后的第五年同学聚会，众同学的前途已经初现端倪，倒腾中药材的方鹤鸣拍着宋雨田肩膀说:“你明明可以靠脸吃饭,干吗非得去写作?”

宋雨田说:“我明明可以靠写作吃饭,干吗不要脸?”

女同学赞赏宋雨田执着于文学梦想,说他单纯得像一条狗。男同学说狗不会编故事,宋雨田更像一只聪明的狐狸。宋雨田听后,笑笑说:“都他妈的是畜生。”

近些年来,宋雨田几乎不参加同学聚会,也不跟朋友们来往。一是他事业上一事无成,除了帮图书公司攒几本励志鸡汤类的快书之外,至今没有发表过独立署名的任何作品。二是他得了抑郁症,见谁烦谁,看谁谁不顺眼。年近不惑的男人,不管是职场还是官场,格局走向已经呈现清晰的轮廓。唯独宋雨田,事业混沌,爱情不顺,半辈子走过,依旧浑浑噩噩。

大年三十,宋雨田不想回家,他担心年迈的父母看到他的颓废,索性撒谎说自己交了一个女朋友,趁着春节放假,要带女朋友前往新西兰旅游。母亲闻听大喜,问他正月里能不能带女朋友回老家一趟,也算给自己陈年老病冲冲喜。宋雨田说女朋友特别忙,月薪好几万，是一家外企的金领，从新西兰旅游回来就得回公司上班。母亲听了，不禁担忧起来："再有钱，也不能箍着顶金领子在外面招摇，你姥爷当年就因为镶了俩金牙，在磨石口被红胡子劫了道，把满嘴牙都打掉了……"

宋雨田打断了母亲的话："我都听过八百遍了，我姥爷顾家，危急时刻愣是和血吞下去一颗金牙，红胡子只抢去一颗金牙。后来，我姥爷天天端着个笊篱去拉屎，一拉三十年也没有把那颗金牙拉出来，我总觉得您说的是貔貅，不是我姥爷。"

搪塞过父母，宋雨田去了一趟超市，他买了一箱方便面，还买了一捆即将过期的打折香肠。宋雨田不喝酒，他害怕酒后想起一些平时想不起来的伤感往事。对于功成名就的人，伤感往事就像味精，撒上一把能提鲜。对于一事无成的人，伤感往事就像盐，撒上一把苦到齁咸。

宋雨田在北京的城乡接合部租住了一间耳房，冬天漏风，夏天也不隔热，居住环境还赶不上北京动物园里的动物。所谓耳房，就是从正房两侧接出来的偏房，按照北京风俗，高度不能过正房。所以，耳房普遍低矮，个子高的人就得低着头进门出门。好在宋雨田是中等身高，想低头进就低头进，想抬头出就抬头出，高低都碰不着他。

宋雨田把装香肠的塑料袋挂在耳房门外，他知道现在的小偷很挑剔，除了现金和苹果手机，没有贼会惦记几根快过期的香肠。宋雨田进门后，刚把方便面箱子撕开，准备煮一碗辣白菜方便面，就听到手机微信提示音。他掏出手机来看，发现是出版公司的朋友小季。小季了解宋雨田的精神状况，也知道他春节一个人在北京过，就给他推荐了一个叫“TT”的交友app。小季说，你见生人说话结巴，写字总不会输给网络上泡妞的流氓，去交个女朋友吧，没准能治好你的抑郁症。小季是与宋雨田保持正常交往为数不多的朋友之一，他一直看好宋雨田，只是觉得他缺少一个机会。

宋雨田没有搭理小季，他把手机扔在床上，把电视机打开，想让屋里有点动静。春晚的主持人说开场白的时候，宋雨田也把辣白菜方便面煮好了。为了不影响自己的胃口，宋雨田把电视机声音略微调低，他受不了那一句句激情饱满的主持腔，觉得春晚的台词脚本每年只要改动一下生肖名字，就可以接着用。

吃完了面，打完了嗝，一根烟还没有抽完，宋雨田就快睡着了。手机微信提示音再次响起，是小季催问他有没有下载TT。宋雨田闲着无聊，便在手机应用里面搜索并下载了TT。按照TT提示，宋雨田填写资料注册，还随手自拍一张大头照，上传到TT。他在“职业”一栏犹豫片刻，填上了“作家”。

注册完毕，宋雨田开始翻阅TT上面女人的照片，看到漂亮的就点赞，看到丑的就点×。等到被你点赞的女人也给你点赞了，两个人就可以说话聊天了。据小季说，他已经在TT上成功配了三十一对了，春节之后就准备一一约着见面。

宋雨田翻着TT上的女人照片，忽然有了一种皇帝翻牌子的愉悦感，可惜的是被自己点赞的女人没有丝毫回应。做了一个钟头的“皇帝”，宋雨田就厌倦了，抱着手机睡着了。直到新年钟声即将敲响，六位主持人齐声倒计时，才把宋雨田叫醒。他瞪着两只失神的大眼珠子，想着今夕何夕。突然，手机上传来一声陌生的提示音。宋雨田懒懒地摸到手机，打开一看，居然是TT的提示音。一个叫“嫣然”的漂亮女孩关注了他。宋雨田觉得这也是一个寂寞的女孩，大年三十还在TT上待着，要么没有男朋友，要么不在家人身边。还有一种可能，那就是也得了抑郁症。

宋雨田先给嫣然发送了一个笑脸，嫣然也给他回了一个笑脸。宋雨田接着输入：除夕快乐！

嫣然回复：除夕快乐！

宋雨田又发了一个开心的笑脸，嫣然也回复一个开心的笑脸。宋雨田问道：我是在跟自己说话吗？

嫣然说：你在跟傅嫣然说话。

宋雨田说：我叫宋雨田，你叫傅嫣然，咱俩的名字天然押韵。

傅嫣然说：你真会说话。

宋雨田说：我还会做事。

…………

一男一女，素未谋面的两个人在 TT 里过了除夕夜，一直聊到天亮。在接下来的时间里，从大年初一到初五，宋雨田和傅嫣然不分白天黑夜地聊天，聊天场所也从 TT 搬到了微信。五天五夜长谈，宋雨田甚至把自己小时候偷鸡摸狗的趣事，都讲给傅嫣然听，惹得傅嫣然送上一长串笑脸。傅嫣然也把小男生给她写的情诗背诵给宋雨田听，宋雨田觉得还不错，他说用心用情码出来的字是有清香味儿的。

宋雨田得知傅嫣然二十九岁，没有结婚也没有男朋友，是法国一家商业地产公司驻中国办事处的商务代表，每年的飞行距离超过五十万公里，是标准的空中飞人。这么漂亮又优秀的女人，怎么会落到自己头上？宋雨田心里也犯过嘀咕：照片会不会是假的？小季说过，女网友使用假照片，跟网恋男友见面后，被男友暴打一顿。因为网恋男友是哈尔滨人，使用假照片的女友是昆明人，男的从哈尔滨一路风尘赶到昆明，想必破费不少，看到本人与照片不符，便忍不住动手了。傅嫣然身上会不会有什么残疾？除了 TT 上的照片之外，傅嫣然也给他发过"随手拍"，素面朝天且没用美颜功能。宋雨田看着傅嫣然略显憔悴的俏脸，觉得这个姑娘就算是个残疾人，也值得娶回家做老婆，因为她懂自己。

大年初五晚上，宋雨田在微信里试探着询问傅嫣然，要不要一起去看电影《狼图腾》。傅嫣然犹豫了一下，说自己还没有做好见面的准备。宋雨田说，要不我们就在各自家门口找一家影院，买同一时间相邻的两个座位，这样也等于一起看电影了。傅嫣然附和这个提议，在微信里赞道：你真的好有童心！

宋雨田说：搞艺术创作的人如果失去童心，他的创作生涯也就走到了尽头。

于是，宋雨田在微信里购买了龙德广场万达影院的电影票，五排五座。傅嫣然在富力广场UME影院购买了五排六座，时间都是晚上六点十分的《狼图腾》。几年来，宋雨田都是一个人看电影。今天晚上，虽然是和一个虚幻的影子看电影，宋雨田还是刻意地刮了胡子，并穿了他最贵的一件皮衣，那是去年“双11”的时候从淘宝上买的。

电影开场前，宋雨田买了一桶爆米花，他觉得既然是两个人看电影就该要一个大桶。宋雨田坐定后，隔壁五排六座便坐进一位一头银发的老太太，老太太很有教养地冲着他微笑点头，引导着身后略显半身不遂的老头坐下。

宋雨田读过《狼图腾》这本书，艺术成就只能算中等偏下，文笔也不是他喜欢的风格，小说营造的内蒙古高原的原始与苍凉倒是他向往的。电影把小说又打了一个折扣，宋雨田坚持看到一半，就把脑袋斜靠在老太太身上睡着了，爆米花撒了一地。连续五天五夜不分黑白的微信狂聊，宋雨田已经极度疲劳了。睡觉就睡觉吧，宋雨田还做了一个梦，他梦见和傅嫣然结婚了，婚礼在一个初春的桃园里举行，所有宾客包括他和傅嫣然都蹲在桃树上。只有爸爸和妈妈没有上桃树，因为妈妈坐在轮椅上，爸爸一直手扶着轮椅，冲着他和傅嫣然微笑。一阵微风吹过，桃花雨洒落下来，宋雨田拈起一片花瓣，放进嘴里。不知道谁喊了一声吉时已到，司仪被威亚从一树茂密的桃花中缓缓吊上了半空。司仪清了清嗓子，用低沉的声音说："宋雨田先生的婚礼，将一改中国人婚礼不严肃、不庄重、不神圣、只在意收份子钱的猥琐乡村风，开创出一种纯情加魔幻的新式婚礼，本司仪现在宣布几条婚礼要求：一、不接收红包；二、不许闹洞房；三、不许摸伴娘……"

傅嫣然似乎在桃树上蹲累了，她轻捷地挪到宋雨田身边，趴在他耳旁说："电影结束了……"

宋雨田一个激灵醒过来，发现自己靠在银发老太太身上睡着了，一只手还紧紧握着老太太的手。宋雨田一个劲儿地道歉，老太太慈祥地笑着说："年轻人过年都累，看你睡得那么香，就没忍心叫你。"

半身不遂的老头使劲拽了一下老太太的手臂，嘴里发出一连串含糊不清的"呼呼呵呵"声。老太太扭过头来，对宋雨田皱着眉笑道："我家老先生吃醋了，回见了您哪。"

宋雨田快步走出影院，他和傅嫣然约好看完电影交流观后感。傅嫣然说她看了两遍《狼图腾》的小说，对电影有些失望，也许是法国导演让·雅克·阿诺不了解那段历史，更不了解内蒙古草原牧民的生活，造成原著与电影的割裂感太强。宋雨田只看了一半电影，只好附和傅嫣然的观点，他泛泛地说：艺术源于生活，小说从生活中来，电影却没有回到生活中去。

二

傅嫣然真的姓傅，二十九岁，没有结婚也没有男朋友，可她不是法国商业地产公司驻中国办事处的商务代表，而是一个高级交际花。

傅嫣然读的是上海体育学院外语系，她是运动健将特招生，曾经夺得过五十五公斤级全国跆拳道冠军。傅嫣然从小性情刚烈，好打抱不平，上小学的时候，遇见欺负女生的男生，她就敢站出来跟男生摔跤。进入中学后，因为跟男生打架被学校处分过，体育老师倒是很喜欢她的性格，举荐她去了体校练习跆拳道，并最终拿到全国冠军。

傅嫣然在语言方面颇有天赋，能讲一口流利英语。大三那年认识了同校一个金发蓝眼的法国留学生，两个人迅速坠入爱河并同居。这是傅嫣然的真正的初恋，高三跟她接吻的男孩没有考上大学，去广州打工后就相忘于江湖了。同居之夜，傅嫣然说自己还是处女，法国男孩眼神里掠过一丝不屑，他觉得大三还是处女的女孩身上肯定有短板。此后，傅嫣然的第二外语法语，说得比英语还要流畅。

大学毕业后，傅嫣然跟着金发男孩去了巴黎，并在一家工人工会找到一份薪水微薄的工作。法兰西人的不着调跟中国人有相似之处，所以，傅嫣然很快适应了法国的生活节奏。乘坐地铁上下班，每天喝咖啡的时间超过工作时间，出门带上足够的手纸防备踩到满街的狗屎……除了不吃蜗牛之外，傅嫣然接受了所有巴黎人的生活习惯。闲适的日子过得很快，一晃的工夫，傅嫣然在法国已经过了两年，其间堕过三次胎。傅嫣然看过一份网上调查：同居两年以上的欧洲年轻人，每周性生活为两至三次。金发男孩每天都要她，让她这个跆拳道冠军在体力上有些吃不消。可傅嫣然深爱着她的金发男孩，从来不忍心拒绝他，不管是在厨房、客厅、走廊、公共厕所、商场试衣间，还是月经期间。只要金发男孩来了兴致，傅嫣然都会一一迎合。傅嫣然偶有疲态，金发男孩就会开导她："性是很奇怪的东西，不是谁跟谁都合适的，像我们这样，螺栓找到螺母的概率极低极低。”

金发男孩说这番话后大概一个月的光景，傅嫣然在工会上班的时候喝了一杯咖啡，随后便把咖啡吐了一地。工会的同事们担心她生病，要送她去医院。傅嫣然拒绝了，她熟识这样的身体反应，知道是再次怀孕了。傅嫣然乘坐公交地铁，回到住处找早孕试纸，打开门后便傻了，她的金发螺栓正跟一个棕发男人赤裸裸地在客厅沙发上拥吻。

那一刻，傅嫣然表现得很镇定，她没有歇斯底里哭闹，因为她知道，就算自己再完美，也无法跟一个男人竞争。傅嫣然把一条毯子遮在两个男人身上，就像盖住两具尸体。她径直走进卧室，把自己的衣物和早孕试纸一同装进两只大行李箱。金发男孩也没有示弱，在傅嫣然收拾装行李箱的时候，他披着毯子跟棕发男人在沙发上完成最后一击。

傅嫣然拖着行李箱走到客厅时，棕发男人站起身来，问她要不要一起玩一会儿？傅嫣然松开拉杆箱，一个反身后踹，棕发男人旋即翻倒在地，鼻口冒血。金发螺栓一丝不挂地坐在沙发上抽烟，目送着傅嫣然拖着两只大箱子走出门口，只是平静地问了一句：“身上有钱吗？”

傅嫣然没有搭腔，“砰”的一声摔上房门，螺母永别了她的螺栓。

接下来，傅嫣然一个人租住公寓，一个人去黑诊所堕胎，一个人游荡在塞纳河畔。本就薪水微薄，加上一个人生活开销大，傅嫣然的房租和生活费已经捉襟见肘。她也想过回国，回到父母身边生活。可是，当初自己以远嫁法兰西的姿态，辞别亲友同学的时候，何等风光。现在，自己一副落魄相回去，怎么跟大家解释呢？一个阴沉的周日午后，傅嫣然端着一杯咖啡坐在街边咖啡馆，望着一盆波斯菊发呆，一个瘦高个儿的中国男人悄悄坐在她身边许久，她都没有觉察。

瘦高个儿的中国男人叫老侯，是一家国内房地产公司的幕后老板，这次来法国是为了躲风头，公司因为违规经营正在接受调查。老侯到巴黎已经一个礼拜了，他每天无所事事，除了打几个电话听听公司被调查的情况，然后就是吃了睡、睡了吃。这一天，老侯上街闲逛，便遇到了傅嫣然。见多识广的老侯，一眼就能看出傅嫣然的落魄，便以一副同胞大哥身份，说几句暖心窝子的话，请她吃了一顿法式大餐。适逢落魄时，他乡遇同胞，加上老侯情商极高，说的都是能够触动傅嫣然的肺腑之言，一天下来便赢得了她的信任。接下来的几天，傅嫣然向工会申请了休假，带着老侯把巴黎的名胜逛了个遍，两个人的关系迅速升温。一个月后，在巴黎郊外一座私人酒庄里，酒后的老侯把微醺的傅嫣然抱上了床。

老侯让傅嫣然觉得很有安全感，年龄的确大她挺多，也许正是因为年龄大的缘故，才会这般成熟和得体。老侯出手阔绰，刷银行卡跟翻书似的随意，对于经济窘迫的傅嫣然来说，也是安全感之一。傅嫣然想得越多，越是不敢询问老侯的个人问题，因为在国内像老侯这样年龄且有钱的人，不可能没有家室。相询之后，老侯如果说有家室，自己还要不要跟他继续交往？傅嫣然没有想好，既然没有想好，那就干脆不问。

赢得女人的爱需要两个重要前提：信任和安全感。老侯深谙此道。能够给予女人信任和安全感，加上有钱，男人的魅力就会发生核裂变，年龄和相貌都成了爱情的次要条件。巴黎三个月的浪漫生活，老侯不仅给了傅嫣然爱情，还给了她毒品。老侯旁敲侧击试探过她，傅嫣然对毒品嗤之以鼻，拒绝做瘾君子。老侯把一种巴黎流行的新毒品注入傅嫣然的香烟中，“毒香烟”抽了半个月后，傅嫣然的烟瘾越来越大。

又过了一周，老侯公司的审查风波已过，他着急飞回北京。傅嫣然主动提出，想跟老侯一起回北京。老侯没有丝毫犹豫便拒绝了她，就像拒绝巴黎街头的乞讨者一样，干脆利落。直到此刻，傅嫣然才明白，她自以为的浪漫爱情，只不过是老侯的逢场作戏。那一刻，傅嫣然是崩溃的，她一直以来都想拥有一份单纯的爱情，守着一个能够给予她安全感的男人，相伴终老。可命运总是在捉弄她，先予以希望，再施以无情重击，让她深陷绝望中。上一次，如果说是时间改变了爱情，那么这一次，老侯则是把她当作玩物，狠狠地玩弄了一把。既然老侯是一个老渣男，离开也没有什么遗憾，可她此时已经深染毒瘾，欲罢不能。对此，傅嫣然早已有警惕，她问老侯是不是在香烟里面做了手脚。老侯也不避讳，他给傅嫣然扔下十万块钱，说以后每个月都会以工资的形式给她支付毒资，并让傅嫣然作为他们公司的商务代表常驻巴黎。

傅嫣然是腊月二十九从巴黎飞到北京的，这次约她的是老陈，老陈是老侯的朋友，但老陈不是做生意的，是一个正局级领导。结识老侯半年之后，傅嫣然在巴黎接到老侯的电话，说是有一个好朋友要去法国，希望她抽时间全程陪同。打完电话,老侯给她往银行卡里汇了三十万块钱,傅嫣然便明白了是怎么回事。老侯的朋友就是老陈,老陈就这样认识了傅嫣然。

老陈平时工作很忙,离开法国之后,就没有再跟傅嫣然联系过。老侯倒是每个月给她支付工资,薪资标准是一个月五万人民币。当然,如果有像老陈那样的朋友需要接待的话,老侯至少汇给傅嫣然三十万。傅嫣然辞去了工人工会的工作,整日要么躺在公寓里发呆、吸毒、抽大麻,要么去路边咖啡馆消磨一下午无聊时光。有天下午,傅嫣然在塞纳河边上看到一位满身油彩的女画家作画,她盯着画布整整看了一下午,女画家一层一层往画布上抹着油彩,不合适的颜色可以再抹上另一层颜色覆盖,最后总能呈现出一幅像模像样的画面。只用了一个下午,傅嫣然就喜欢上了油画。她觉得西方油画有过度的颜色,即便是下错笔用错颜色,也可以挽救和调整。而中国的水墨画非黑即白,若有一处败笔,整幅画也就毁了。人总是有某些天赋需要某个特定环境激发出来,自此,塞纳河畔多了一个浑身油彩的傅嫣然。她没指望画油画画出名堂,只是想借此打发无聊的时光。

春节前夕,傅嫣然在公寓里临摹一幅莫奈的《睡莲》，老侯打来电话拜年，顺便说老陈想见见她，问她春节能不能飞一趟北京。中国人都有春节情结，傅嫣然也不例外。她爽快答应了老侯的邀请，第二天便飞回北京，入住了丽思卡尔顿酒店。老侯派司机接机的时候，还给傅嫣然带了一小袋冰毒，知道她已经离不开此物。

晚上，傅嫣然躺在酒店大床上刚刚过完毒瘾，老陈就来了。老陈比在巴黎的时候憔悴了很多，人瘦了一圈，眼窝深陷，说话也有气无力。至于那事儿，几乎没有弄成。傅嫣然很是奇怪，觉得北京的老陈跟巴黎的老陈完全是两个人，巴黎的老陈生龙活虎，几乎日夜不休。北京的老陈，简直像一座摇摇欲坠的豆腐渣工程，随时都会坍塌。傅嫣然掏出老侯给她的冰毒，问道："你要不要来一点？"

老陈用不屑的眼神扫了一眼冰毒，顺带也扫了一眼傅嫣然，穿好衣服，摔上房门就离开了。傅嫣然心里骂了一句，打电话问老侯，说老陈是不是快要死了，还说自己明天要回宁波，跟父母过春节。老侯在电话里一个劲儿劝慰傅嫣然，说老陈最近遇到一点麻烦事，心情不好，让傅嫣然留在北京陪着老陈过个春节。老侯给傅嫣然打了一个小时电话，做妥了说服工作，随后又给傅嫣然汇了五十万，说是过年给她发的红包。

春节的丽思卡尔顿酒店只剩下外国人，中国人都回家过年了。傅嫣然住在酒店里，感觉跟在国外没什么两样。为了找到回国的感觉，她下载了一款交友软件，这才结识了宋雨田。宋雨田给了她久违的恋爱感受，整个春节期间，聊天聊得酣畅痛快，她居然有一天晚上忘了吸毒。这是傅嫣然沾染毒品后，第一次生出戒毒的念头。

从 UME 影院出来，傅嫣然有一股想看一眼宋雨田的冲动。虽然 TT 上面有远中近不同角度的照片，基本能够勾勒出一个人的大概样貌和状态，但还是想当面看一眼心里才会觉得踏实。自从跟金发螺栓分手以来，傅嫣然也算阅人无数，但是没有一个让她动心的。不仅是没有动心的，甚至让她觉得恶心，因为老侯这个层面的男人，为官的也好，为商的也好，大都猥琐不堪，于是，这个来自虚拟空间的宋雨田，越发显得珍贵。

宋雨田发来一条微信，问她对《狼图腾》的感受。她在网上下载过小说的电子版，前后读了两遍，非常认可书中倡导的环保概念。对于电影的表现力，傅嫣然表示失望。宋雨田基本表达了相同的观点，还问她愿不愿意当面交流一下对电影的看法。傅嫣然知道，宋雨田也想见她。

不行！我不能以这样的身份和状态，出现在他面前。傅嫣然很快打消了想要见宋雨田的念头。这时，傅嫣然的手机响了，是老侯打来的电话，他语气还算平缓，但是傅嫣然能听出来他生气了。原来，老陈去酒店找她了，没有见到傅嫣然，就给老侯打电话。

傅嫣然听老侯讲完电话，沉默了片刻，她对老侯说："从今以后，我不想再做了，包括今天晚上。"

老侯也愣了片刻，继续用平缓的语调对傅嫣然说："做与不做都是你的自由，但是你最好不要在节骨眼儿上撤火，就算看在我这些年资助你的分儿上，做人应该有良心，做事应该讲道义……"

傅嫣然回到酒店的时候，老陈已经在她房间里喝了大半瓶茅台酒。老陈阴沉着脸问她："你出去接客了吗？"

傅嫣然说："你嘴巴放干净，我不是妓女。"

老陈说："你还不如妓女，人家妓女明码标价，老侯可是几百万上千万往你身上砸。"

老侯根本就没有给过傅嫣然那么多钱，傅嫣然知道这是老侯忽悠老陈的话。

傅嫣然说:“你们如果有勇气给妓女发执照,我就去做一个自食其力的妓女。”

老陈突然站起身来,对着傅嫣然的脸打了一拳。傅嫣然惨叫着摔落在沙发里,自从吸毒以来,她的反应和身手远不如从前。老陈没有坐下,拎着外套往门口走去,还没有忘记回过头来骂一句:“婊子!”

傅嫣然窝在沙发里喘息着,她没想到老陈竟然对自己动手。微信提示音响了,傅嫣然打开微信,看到是宋雨田发来的语音:“我想见你,傅嫣然。”

傅嫣然没法用语音回复,她输入道:丽思卡尔顿酒店,1169房间。

宋雨田回复:好性感的房间号。

三

半个小时过后，宋雨田赶到丽思卡尔顿酒店大堂，他给傅嫣然发了一条微信，让她下来接他，因为电梯需要刷房卡。等了至少十分钟，傅嫣然才回复：雨田，很抱歉，我明天一早回法国，今晚不能与你见面了。

宋雨田顿觉懊恼，他回复道：我看你一眼就走人，不会耽误你休息的。

傅嫣然：我现在真的不想见你，以后吧，以后会有机会的。

宋雨田：为什么？

傅嫣然：因为我要收拾行李。

宋雨田：你明天几点的航班？

傅嫣然:明天中午。

宋雨田:好吧,那我就在大堂里等着,一直等到明天中午,看到你走出酒店。

傅嫣然:不要小孩子气,快点回去睡觉,乖!已经半夜了。

宋雨田:不!

傅嫣然:随便你吧。

宋雨田在酒店大堂候客区找个座位坐下,他估摸着在这种酒店的消费区里喝一瓶啤酒也得六十块钱。他又发了几条微信,傅嫣然都没有回复。宋雨田焦躁地站起身来,走到酒店大门口抽烟,连着抽了三根中南海,才算过了烟瘾。破五的鞭炮把空气搞得更加糟糕,一不留神深呼吸一口,就像是喝了一口二锅头,喉咙往下一溜儿都有毛刺刺的感觉。他快步走进酒店,继续在候客区坐着发愣,不明白傅嫣然为什么突然改变主意。两个人在微信里已经无话不说,宋雨田甚至说了自己现在有抑郁症,一度思考过自杀,还在跳楼或服用安眠药之间选择了好久。傅嫣然读了很多书,给他一一列举患过抑郁症的作家和诗人,顾城、海子、三毛、柏杨、尼采、黑塞、狄更斯、海明威、川端康成、托尔斯泰。傅嫣然还用巴尔扎克的话安慰他:天才都是人类的病态,就如同珍珠是贝的病态一样。

宋雨田几乎没有秘密,也不介意别人知道他得了抑郁症,自从和傅嫣然越聊越投缘之后,他开始顾虑要不要把自己有抑郁症说出来。虽然从来没有写过一部像样的作品,但宋雨田一直按照作家的标准要求自己,那就是真实。真实的生活,真实地面对自己,真实地面对这个世界。既然真实,那就不要隐瞒自己的缺陷,因为一个谎言需要一千个谎言来弥补。当他把自己的真实情况告诉傅嫣然之后,傅嫣然非但没有觉得不妥,还把抑郁症看作是一个伟大作家应该具备的资质。

价值观趋同,几乎没有产生过任何分歧,连傅嫣然都感慨是不是找到了传说中的灵魂伴侣。所以,宋雨田很纳闷傅嫣然的突然变化,见一面有那么困难吗?

一个小时过去,宋雨田出去抽了两次烟,门童虽然还是很友好地为他开门,但眼神中已经流露出狐疑。第三次在候客区坐定的时候,傅嫣然发来一条微信:你回去了吗?

宋雨田:没有,我会一直等到明天上午你离开酒店。

傅嫣然:你可以上来,但是有一个条件,不能开灯。

宋雨田:我就是为了看你一眼,为什么不能开灯?

傅嫣然:不为什么,我们对彼此已经很熟悉了,就让我们在黑暗中感受一下彼此的气息和味道,好吗?

宋雨田:你真的需要这样的情调?

傅嫣然:让我们慢慢地揭开彼此的面纱,是不是很曼妙?

宋雨田:……好吧,不开灯。

傅嫣然:还有,天亮之前,你必须离开。

宋雨田:……

傅嫣然:你不答应,就算了。

宋雨田:好吧,我答应,不开灯,天亮之前离开。

傅嫣然:好吧,你等着,我通知前台服务员,送你上来。

傅嫣然之所以中途改变主意,是因为她想在宋雨田到来之前,去洗手间收拾一下自己泪迹斑驳的脸,结果发现自己的左眼被老陈一拳打成了乌眼青。很明显的暴力所致,她无法向宋雨田解释得清楚,所以才拒绝宋雨田上楼。但是,执拗的宋雨田一定要在大堂里等到明天上午,如果第二天让他看到自己的脸,那就更加解释不清了。还有，她心疼宋雨田在大堂里干巴巴坐一宿。

房间里一片漆黑，只开着一盏昏暗的夜灯，勉强看得清路。两个人面对面坐着，傅嫣然能闻到宋雨田身上酸臭的烟草味道，宋雨田也能闻到傅嫣然身上巴黎香水迷人心魄的芳香。宋雨田稍稍适应了黑暗中的光线，依稀辨得清傅嫣然披肩长发的轮廓，沉默很久，他首先打破沉闷："其实，这样也挺好的，我们可以把这份神秘抻得很长，很有意思。"

宋雨田渐渐冷静下来，他闻到房间里有一股白酒味道："你……你喝酒了？"

傅嫣然没有说话，只是伸出手，让宋雨田握着。其实，此刻的傅嫣然更希望宋雨田给她一个拥抱，她还沉浸在被施暴的恐惧中，需要温暖，需要依靠。

宋雨田不知道傅嫣然今晚的遭遇，他握着傅嫣然的手，伸手揽住她的肩膀。傅嫣然顺势倒在他的怀中，全身瞬间瘫软下来，控制不住抽泣起来。宋雨田会错意，以为傅嫣然要跟自己亲热，冲动时的男人只能听到自己想听的声音，于是，他把傅嫣然的抽泣当成了呻吟。宋雨田一把抱起傅嫣然，速度快得让傅嫣然觉得有些眩晕，急忙用双臂环抱住宋雨田的脖子，瞬间感受到了这个男人的力量和热情。这份力量让她觉得有了些许安全感，虽然跟这个男人见面还没超过半小时。宋雨田抱着她走到床前，轻轻地放在大床上，开始亲吻起来。他的眉骨触碰到傅嫣然受伤肿胀的眼眶，傅嫣然惨叫一声。这声惨叫，在宋雨田听来就是欲望的呼唤，雄性热情在惨叫的尾音就已经点燃，他用嫖客一样的速度褪去身上的衣裤，旋即扑上床去。

宋雨田走出酒店门口的时候，才早晨五点，天空还没有一丝亮意。他站在酒店门口，抽完最后一根中南海，回味着这场如痴如醉又如梦如幻的缠绵，不得不承认，这是他自处男以后经历过的最棒的性爱。

宋雨田踩灭烟头，吐出最后一口长长的烟雾，突然眼前一黑，脑袋被什么东西蒙住。他刚要伸手去抓，被人死死夹住双臂，任凭他如何使劲都没有挣脱出来。一个男人低沉说道："老实一点，我们是警察，请你配合我们的调查。"

宋雨田被架进一辆车里，他从脚步声判断至少有四五个人，知道自己反抗也没有用，索性安安静静地配合。车子启动后，他的双手被戴上手铐。宋雨田心里开始翻腾：自己打小没做任何恶事，坑蒙拐骗偷杀掳掠更跟自己没有关系，警察摆出这么大的阵仗找自己干吗？难不成是黑社会绑架？自己穷得几乎连一间耳房的房租都交不起，绑架自己该不是为了劫色吧？没准是黑道绑错了人，误以为从五星级酒店里出来的都是有钱人，可也有来五星级酒店会客、见网友的穷人呀。

路上几乎没有遇到什么阻碍，车子开了大约四十多分钟才停下来。车门打开，宋雨田被带进一间屋子，头套也被摘下来。宋雨田适应了会儿屋子里的光线，才看清面前站着两个穿便装的中年男人，身上没有一点警察的痕迹。一个瘦高个儿男人翻遍宋雨田身上所有口袋，零零碎碎东西摆了一桌子，仔细端详一番之后通通收进一只塑料袋，只拿起手机问宋雨田："密码多少？"

宋雨田说："你们到底是什么人，能给我出示一下证件吗？"

瘦高个儿男人看了一眼搭档，不耐烦地从口袋里掏出一个证件，在宋雨田面前晃了一下说："想想自己干的事，你就清楚我们是什么人了。"

宋雨田根本没有看清楚证件上的内容，瘦高个儿男人就把证件揣到口袋里，接着问道："手机密码是多少？"

宋雨田说："你们肯定搞错了，我是一个遵纪守法的作家，你们可以上网去搜我的作品。"

瘦高个儿男人说："就你那点东西，东抄西摘几句心灵鸡汤，也敢叫作家？"

宋雨田说："看来你们还是了解我的。"

瘦高个儿男人说："废话，不了解你，把你弄这儿来干吗。说，密码是多少？"

宋雨田说："4592。"

另一个矮胖男人走过来，牵着手铐，把他像狗一样牵到一把特制的铁椅子面前，示意他坐到椅子上。宋雨田在电影电视里面见过这样的铁椅子，应该是办案部门专用的工具。看到铁椅子，他心里踏实多了，因为黑社会绑票不会特意做把椅子。如果是警察找自己，那就好办了，作为一个守法公民，肯定是警察搞错了。矮胖男人把他铐在铁椅子上，回头对瘦高个儿男人说："走，吃早点去。"

一高一矮两个中年男人出门后，再也没见有人进来过。宋雨田打量着房间，除了一张桌子、两把椅子，还有一把铁椅子自己坐着，再没有其他任何杂物。靠窗户的墙角上方，有一个摄像头，能够监控整个房间。宋雨田估摸着，此刻正有人通过摄像头观察自己的一举一动，看来这是一个专业的审讯房间，自己这是犯了多大的事儿，值得这群人如此周折？宋雨田在脑海里做了几百个假设之后，突然想起了傅嫣然，难道这件事情跟傅嫣然有关系？一个这样温婉多情的姑娘，会做什么出格的事呢？傅嫣然有法国国籍，难道她会是间谍不成？

“砰”的一声，房门被打开，把宋雨田吓了一跳。一个年轻的小伙子端着一份盒饭走进来，给他放在面前，转身就往外走。宋雨田急忙喊住他：“喂，我要打个电话，我女朋友今天回法国。”

小伙子没有理会宋雨田，走出去“砰”的一声关上房门。宋雨田大声叫嚷道：“给我买包烟，中南海！”

宋雨田觉得是福不是祸，是祸躲不过，干脆先把肚子填饱再说。两只手被铐在铁椅子上，吃饭不太方便，宋雨田只好俯下身体，就着手的高度吃饭。一份鱼香肉丝米饭刚刚吃完，刚才送饭的小伙子又进来了，把一盒中南海香烟和一盒火柴放在桌子上，顺便把快餐盒收走。宋雨田说：“谢谢你。”

小伙子头也没抬：“不客气。”

人生除死无大事。宋雨田是一个想得开的人,吃完盒饭,又抽了两根烟,困劲儿瞬间布满全身,他靠在椅子上居然睡着了。昨晚一夜没有合眼,而且还经历了从情感顶峰到精神低谷的跌宕,宋雨田这一觉一直睡到天色擦黑,哈喇子流满了两个肩膀。

天黑后,宋雨田被开门声惊醒,一高一矮两个中年男人走进来。瘦高个儿把一杯水放在宋雨田面前:"吃饱了也睡足了,说说你的事吧。"

宋雨田把一杯水全喝干了,用沾满水的舌头上下舔了舔嘴唇说:"让我说什么?"

瘦高个儿说:"说你该说的。"

宋雨田问:"哪些是该说的?"

瘦高个儿说:"那些见不得人的事儿。"

宋雨田说:"我宋雨田就没做过见不得人的事儿。"

瘦高个儿说:"刚进来的人,都是这个口气。"

宋雨田问:"这是哪儿?"

瘦高个儿说:"在这里,我是发问者你只能回答。"

宋雨田问:"凭什么?"

矮胖男人接过话茬:"就凭你干的那些事儿。"

宋雨田问："我干的哪些事儿？"

矮胖男人说："我问的就是你干了哪些事儿。"

宋雨田说："我干的事儿可多了，那得说好几年吧。"

矮胖男人说："那你就说上几年吧，我们的工作就是听人说话。"

…………

双方你来我往，车轱辘话一直说到半夜，瘦高个儿看了一眼手机，用胳膊碰了碰矮胖男人，两个人一前一后走出房间。一个多小时后，两个人回来了。这一次，瘦高个儿开门见山问道："你去丽思卡尔顿酒店干吗？"

宋雨田说："去见我女朋友。"

瘦高个儿问："你女朋友是谁？"

于是，宋雨田把春节期间如何结识了傅嫣然的经过，前前后后说了一遍，包括两个人在房间里做的事。一高一矮两个中年男人对望一眼，矮胖男人拿出一沓照片来，让宋雨田一一辨认，问他认不认识。看过十几个男人，宋雨田全都摇头，说一个都不认识。

天色即将放亮时分，两个中年男人再次进来，瘦高个儿居然脸上还挂着一丝笑意，对宋雨田说："好了，你回吧，感谢你配合我们的调查。"

宋雨田问："你们调查清楚了？"

瘦高个儿说："调查清楚了。"

宋雨田问："还我清白了？"

瘦高个儿说："这个还不好说，如果有事，我们还会随时找你。"

宋雨田问："说到底，你们到底是干什么的？"

瘦高个儿说："知道得太多，对你不利，不该问的你就别问了。"

瘦高个儿把手机还给宋雨田，笑着说："手机里存了不少毛片嘛。"

宋雨田问："这个违法吗？"

瘦高个儿说："转发、传播到了一定数量，就构成了违法。"

四

北京城仿佛一夜之间就迎来了春天。漫天飞舞的柳絮,经常飞进眼里,你刚张嘴骂一句“×”,便又有一坨钻进你的嘴里。

宋雨田低着头走出耳房,正好碰见房东老张从正房走出来。

老张嘴里含着一口痰,含混着对宋雨田说:“该交房租了,宋老师。”

宋雨田说:“月底吧,张叔,稿酬月底才能到。”

老张把一口黑痰啐到一枝怒放的桃花上:“这年头,写书的比读书的人多,指望稿酬活着的人不易呀。”

宋雨田说:“还好,还好吧。”

宋雨田搪塞两句，快步拐出胡同口，生怕老张跟他掰扯房租，让邻居听见了没面子。宋雨田要步行三公里，到红军营路的星巴克咖啡店写作。其实，胡同口就有一家咖啡店。宋雨田舍近求远，图的是星巴克的大方，不用点咖啡就能坐一天。星巴克不仅有免费WiFi，渴了还能要一杯水喝，饿了还能往水里倒两袋焦糖和牛奶，糖、牛奶和餐纸都是不限量自取的。

宋雨田打开笔记本电脑，半天却写不出一个字，这样的状态已经持续两个月。自从丽思卡尔顿酒店那一夜之后，他的状态似乎比春节前还要糟糕，他又在跳楼和服用安眠药之间徘徊。宋雨田听医生讲过，服用安眠药自杀貌似安详，但最后一刻心脏和全身循环系统衰竭也会很痛苦。而且，万一被人发现进行抢救洗胃，那就更遭罪了。跳楼的确很浪漫，在生命最后一刻，终于给自己插上了翅膀，虽然那是坠落，而非翱翔。可落地后，这副皮囊散落成什么样，就不得而知了。万一一只眼珠子被哪只猫叼走了，下辈子会不会变成独眼龙呢？万一哪根手指被乌鸦衔走，下辈子会不会就是九指神丐呢？可是，万一心被哪只遛弯的狗吃了，下辈子还会记得傅嫣然吗？

那天早晨，宋雨田被瘦高个儿送进一辆箱式工具车，车窗玻璃经过特殊处理，在车内看不见外面的任何情景。箱式工具车里只有他和司机两个人，司机七拐八拐开了将近一个小时才停下。司机让他下车，宋雨田犹豫一下，似乎害怕拉开车门就被狙击手干掉一样。当他从车里出来的时候，吃了一惊，因为箱式工具车正停在他租住的耳房门口。

工具车开走了，房东老张像是早就埋伏好了一样，从正房里一溜小跑过来，对宋雨田说："哪儿去了，我还以为你死了呢。"

走进阴暗的耳房，宋雨田赶紧给自己的手机充电。刚才在车里，他想看看傅嫣然的微信留言，结果手机没电了，估计是那个瘦高个儿男人检查他的手机，把电全都耗没了。这两天，傅嫣然肯定急坏了，宋雨田心里想。此刻，傅嫣然应该已经在巴黎的公寓里，正捧着手机期待自己的回复。

手机开机后，宋雨田迫不及待地进入微信，打开傅嫣然的页面，发现里面只有一条新的信息：雨田，谢谢你，谢谢你给了我一个如此特别的夜晚。

这条信息发送时间是前天早晨五点十三分，也就是宋雨田从酒店出来，被人蒙上头罩带进车里的那个时间。而后，这部手机便被瘦高个儿男人拿走。也就是说，两个人在酒店分手后，傅嫣然只给宋雨田发过这一条信息。宋雨田心里“咯噔”一下：难道第一次也是最后一次吗？两个人可以那样愉悦地交流，见面虽说没有看清彼此的脸，可双方的性爱也堪称完美。傅嫣然时不时发出的那种类似凄惨的呻吟，这两天一直在他脑子里循环播放，即便是被困在铁椅子上禁锢一天一夜，他都没觉得特别难受，全靠着傅嫣然幸福与凄惨混搭的叫床声。

宋雨田如何也想不到，傅嫣然凄惨的呻吟是真的痛楚难挨发出来的，是因为他时不时触碰到了傅嫣然受伤浮肿的眼眶。

宋雨田不能相信傅嫣然会就此弃他于不理，他给傅嫣然发了一条微信：傅嫣然，你到法国了吗？

宋雨田没有得到回复，他接着又发送了几条解释信息，说自己离开酒店遇到几个莫名其妙的人，所以没有给她及时回复信息。一天过去了，又一夜过去了。一个月过去了，两个月过去了。这个世界上就像从来没有出现傅嫣然这个人，傅嫣然彻底消失了。

男人脆弱的自尊就如同女人脆弱的安全感，都需要彼此精心地呵护。宋雨田觉得自己男人的自尊受到了伤害，这对于一个抑郁症患者来说是致命的，他的情绪重新退缩回抑郁的壳中，拒绝了整个世界。

宋雨田坐在星巴克里，两眼盯着笔记本屏保上的两条金鱼发呆。他下意识掏出手机，想看看有没有傅嫣然的音信，意外看到小季给他发的信息。小季给他发来一本新书创意：如何成为网红三十六计。小季说他这次只找了三个作家攒这本书，一人写十二计，不低于七万字，十天交稿，每人稿酬六千块。

宋雨田现在已经无心写作，他给小季回复道：我的《一个月锤炼成钢铁意志》还没有交稿，不想接新活了。

小季说：这个周末再不交稿，你就不用交了。

宋雨田说：正合我意。

小季说：你想让我死吧？下周一就要交印厂了，发行商说这类书最近好卖，如今人们心里普遍脆弱，都在寻求突破自我。

宋雨田说：我不想再编这类垃圾书了。

小季说：我也知道这些东西是垃圾，可垃圾也有垃圾的意义，垃圾养育了成千上万的拾荒人，存在即合理，需求即合理，我们满足市场，这是助人为乐。

宋雨田说：我要远离垃圾，我想搞真正的文学创作。

小季说：得了吧，现在哪里还有文学的市场，精神的蛮荒时代，需要的是成功学。

宋雨田说：我已经决定了，这个周末完成你的垃圾书稿，我就开始我的纯文学写作了。

小季问：你准备写什么题材？

宋雨田说：以我自身的经历和感受，去揭示人性。

小季回复：呵呵！每个人都觉得自己是一本书，如果真把自己写成书，别人读起来会觉得还不如一坨狗屎。

宋雨田没有理会小季的挖苦，他以自己的抑郁之躯完成了《一个月锤炼成钢铁意志》，便开始了纯文学创作。他写了一个极为荒诞又带有科幻色彩的故事：一个天才的 IT 程序员李斯本，因为性格孤僻被人们视为异类，他为了不让自己孤独，就自编了一套智能的语音发声系统，而且声线采集了他最喜欢的美国女歌手 Christina Aguilera，每天陪着自己聊天。他还给这套智能语音发声系统起了一个名字：克里斯蒂娜。为了丰富克里斯蒂娜的知识面，李斯本给“她”输入了中、英、法、德、俄、西、日、韩八种语言。李斯本还偷着打开中国国家图书馆、美国国会图书馆、俄罗斯国立图书馆、大英图书馆、法国国家图书馆、莱比锡图书馆的防火墙，把世界六大图书馆电子版内容全部输入进了克里斯蒂娜的数控中心。此刻，克里斯蒂娜如果是一个生命体的话，她则是这个世界上知识储量最渊博的人。自此，李斯本再也不寂寞了，因为克里斯蒂娜能跟他探讨所有学科问题，能跟他玩所有的游戏，能给他唱这个世界上每一首歌，还能为他用一千七百多种方式进行占卜……总之，李斯本在人类的眼里，也就变得更加孤僻和另类了。

手机微信提示音打断了宋雨田的写作，他把李斯本和克里斯蒂娜暂时放下，掏出手机来发现发来消息的，竟然是失踪了三个月的傅嫣然。

傅嫣然发来的是一首歌《突然好想你》，宋雨田戴上耳机听完这首歌。紧接着，傅嫣然又发过来信息，很简短，只有五个字：雨田，你好吗？

宋雨田没有立即回复傅嫣然，因为他感觉到自己的心脏一阵狂跳，瞬间变得口干舌燥。他脚步有些踉跄地走到星巴克的收银台，向店员要了一杯最便宜的美式咖啡。星巴克的店员们对宋雨田非常熟悉，知道他是一个穷困潦倒的作家,几乎消费不起店里的任何一款饮品。于是,店员小格经常把自己的福利咖啡送一杯给他,宋雨田也总是不卑不亢接受,还会对着小格瞪着一双纯情的大眼,在嗓子眼儿里嘟囔出一句:“谢谢您!”

今天,小格对宋雨田主动叫咖啡很是奇怪,以至于忘了送他员工福利咖啡。宋雨田回到他久坐的老位子上,把一杯咖啡快要喝完之际,他给傅嫣然回复了一条信息,也是五个字:我还好,你呢?

傅嫣然瞬间回复:很抱歉,这么久才跟你联络,但是我的心里每天都会想起你无数遍。

宋雨田:既然有时间每天想我无数遍,为什么不肯给我发个消息?

傅嫣然:有些事情一言难尽,希望你能够理解。

宋雨田:我不能够理解。

傅嫣然:如果你不肯原谅我,只能说我没有运气拥有这份爱,我也无能为力。

宋雨田没有再接话茬,他受伤的自尊心还没有愈合,暂时还无法用这颗受伤的自尊心接纳恳请他理解的傅嫣然。宋雨田打开 Word 文件,继续帮助李斯本完善他俩共同的克里斯蒂娜。李斯本创造克里斯蒂娜的初衷，是利用她排解寂寞。孤独了，让克里斯蒂娜说闲话。郁闷了，让克里斯蒂娜讲笑话。无聊的时候，让克里斯蒂娜陪他玩游戏。自慰的时候，让克里斯蒂娜给他叫床听。最近，他花费巨资，购买了微软公司最先进的128核3216线程的处理器。这款处理器可以提升克里斯蒂娜自主智能的发挥，例如可以根据人类的情绪变化分析出人的心理活动。李斯本之所以下血本，为克里斯蒂娜更换最新一代的CPU，是因为他收集最近几年医学领域关于人类情感产生、发展、抑制的生物性图谱分析。就克里斯蒂娜学贯整个人类的知识储备，李斯本希望她在了解人类情感的生物图谱分析之后，也能够具备人类的情感。李斯本倾尽所有，为克里斯蒂娜购买"心脏"之后，宋雨田把这部小说命名为《心房》。

手机微信提示音再次响起，把宋雨田从李斯本的思维里挣脱出来，他还没有看手机，就断定是傅嫣然发来的微信。思路停滞，过了十多分钟，宋雨田一个字写不出来。宋雨田忍住不打开微信，但他也无法再次进入李斯本的世界，因为有一条傅嫣然的信息在手机里等着他。他端起咖啡杯喝掉最后一小口咖啡，打开手机微信，发现不是傅嫣然的微信，而是小季。小季用的是语音输入:“喂!老宋,你的小说我看了,如果这是你自己的创意,我对你佩服得五体投地。可是,我还是很遗憾地告诉你,你这个《心房》的创意与美国电影*Her*(《她》)有相似之处。”

宋雨田语音回复道:“你干脆说我剽窃不就得了,我告诉你,小季,老子没有看过*Her*,而且也不屑于剽窃。”

小季说:“那我还是建议你看看这部电影。”

宋雨田说:“我不看,看完了更坐实了我剽窃,我的创作对得起自己的良心就可以了。”

小季说:“你前段时间已经正常了,自打你遭遇了你的一夜情女王之后,你好像是精神受刺激了,怎么连我的意见都听不进去了?”

宋雨田说:“她不是一夜情女王,她又出现了。”

五

宋雨田和傅嫣然重新坠入爱河，两个人的微信沟通又回到春节时候的水平，夜以继日，寝食俱废。

宋雨田一直想知道傅嫣然为什么突然失踪，傅嫣然却总是岔开话题。最后，实在绕不过去了，傅嫣然对宋雨田说：“我不能对我爱的男人说谎，所以，我拒绝回答你的问题。我们都是有经历、有过去的人，我不问你的曾经，你也不要再问我的过往，从今天开始，我们对彼此负责、对自己负责，好不好？”

话说到这个份儿上，傅嫣然等于做出了承诺。这个承诺也是宋雨田一直期待的。大年初五那一夜，在宋雨田脑海里留下挥之不去的烙印，尽管没有看清傅嫣然的脸，但是她丝绸一般光滑的肌肤，凹凸有致到销魂的身体，还有那种别样的叫床声，每每回味都觉得千翻百转荡气回肠。宋雨田心里清楚，如果就此失去傅嫣然，他对女人的所有记忆和感触，也就留在那个夜晚。现在，傅嫣然出现了，还对他做出他期待已久的郑重承诺，他还有什么过不去的呢？再计较下去，未免显得自己格局太小了。于是，两个人消除芥蒂，感情指数也迅速飙升。

傅嫣然曾给宋雨田发来一首歌，名字叫《突然好想你》。宋雨田手机里，翻来覆去都是一些大学时代听过的老歌，如今有一首新歌，还是傅嫣然推荐给他的，便在手机里进行无限循环，直到学会为止。他还下载了这首歌的男声版，发送给傅嫣然，说是自己听女声版，让傅嫣然听男声版。

宋雨田问傅嫣然，什么时候还回中国。傅嫣然说，她已经辞去以前的工作，准备近期回到中国。宋雨田闻听很是兴奋，可傅嫣然说自己最近的身体状况很不好，她要回宁波老家休养一段时间。宋雨田说也好，他可以去宁波看望傅嫣然。傅嫣然拒绝了，说她的身体状况和精神状态都非常糟糕，她不想宋雨田见到这个时候的自己。

傅嫣然不想见宋雨田，的确是她现在的状况糟糕到了极点。

那天，宋雨田刚刚离开，便有几个人敲开她的房门，说是警察，请她配合调查一起案件。随后，她就被带上车，拉到城外的某处，在那里一直滞留了一个月。名义上说是配合调查，其实没有任何人身自由，更不可能跟外界联络。她心里一直牵挂着宋雨田，知道他肯定比自己还要着急。宋雨田离开酒店后，她只给宋雨田发了一条微信，还没有来得及看到回复，就被人带到郊外配合调查了。跟宋雨田不同的是，傅嫣然被带上车的时候，她心里就明白了：老侯和老陈事发了。半年前，傅嫣然把自己掌握到的老侯和老陈的事情，写了一封举报信，邮寄到了北京。她曾经反复权衡过举报老侯和老陈的后果，那就是导致自己失去生活来源，还有每个月花销不菲的毒品。接下来，又得像以前那样找工作，还要搬出目前条件不错的高档公寓。想到这些的时候，傅嫣然就有些犹豫，旋即撕毁掉写了一半的举报信。可每当接到老侯的电话，让她接待赴法的国内“贵宾”时，一股难以名状的屈辱又会袭上心头。尤其是老侯不择手段让她染上毒瘾，进而用钱和毒品来控制她，这其中不存在半点爱的成分。从猎物到尤物，再到玩物，完全是个早就设计好的局。想到这些，傅嫣然重又坐下来，把检举揭发信认认真真写完。春节期间，傅嫣然看到老陈惶惶如丧家之犬，心里还琢磨是不是自己写的检举信起了作用。因此，在她被人从酒店带走的那一刻起，傅嫣然便确信老侯和老陈东窗事发了。

老侯和老陈的确出事了，而且是比他们俩层面更高的大人物引发的贪污窝案。在这起震惊全国的贪腐大案中，傅嫣然本来连细枝末节都够不上，但她在错误的时间出现在错误的地点。案件的关键枝蔓人物老陈，在调查取证的关键时刻，与傅嫣然接二连三在酒店约会，便被警方纳入监控范围，捎带上了宋雨田一起蹚进浑水。傅嫣然已经拿到法国居留证，而且，她在国内没有开设任何银行账户，警方查不到她任何银行转账记录。几方口供落实后，傅嫣然的问题够不上刑事案件，加上她曾经对老侯和老陈的违法违纪行为进行过举报，所以专案组对她网开一面，将其释放。

一个多月下来，傅嫣然未沾毒品，其间的煎熬如坠地狱。傅嫣然当时只有一个念头：放弃毒品，拥抱爱情。常年浸淫在毒品中，突然间中止补给，身体和精神状态瞬间萎靡坍塌，甚至连月经都停了。重获自由后的第二天早晨，傅嫣然走进洗手间，看到镜子里憔悴不堪的自己，她竟绝望地哭了。她本想去找宋雨田，向他解释事情的来龙去脉，此刻，却只剩下逃离的勇气。

回到巴黎之后，傅嫣然的身体一直不见起色，邻居老太太一度怀疑她得了重病，每次在走廊遇见，都要劝她去看医生。经老太太三番五次唠叨后，傅嫣然也开始担心自己的健康出了问题，第二天便去了一家公立医院，做了全面体检。一周后，检查结果出来了，傅嫣然没有得任何疾病。得知自己的健康没有大碍，傅嫣然的心情稍微轻松一些，忽然间感觉到些许饿意。她叫了一辆的士，去了距离意大利广场不远的十三街区，那里算是巴黎最大的华人聚集区。以前，傅嫣然经常去那里逛逛，她记得有一家成都人开的四川菜馆，味道也算合自己的口味。的士停在一间中医馆门前，傅嫣然脑子里灵光一闪：自己既然没有得病，何不找中医调理一下呢。

中医是一位年近七十岁的华人老头，已经在巴黎坐诊行医三十多年，生就一副鹤发童颜、面色红润的标准老中医相。老中医望闻问切后，又看了傅嫣然体检表上各项生化指标，说傅嫣然的五脏六腑都亏欠着，需要好好休息调养。随后，老中医给傅嫣然开了一个药方：川芎十五克、当归十五克、黄芪二十克、淫羊藿十五克、天花粉十克、冬虫夏草十克、鸡血藤十五克。

老中医给傅嫣然抓齐七味中药，共配了十服，去尾抹零共计四千五百欧元。傅嫣然吓了一跳，问老中医药价怎么这么贵？老中医展开鹤发童颜的微笑，说中药本来不贵，因为加了一味冬虫夏草，其他六味药加起来也不抵冬虫夏草一味药的十分之一贵。老中医还说，如果傅嫣然嫌贵，可由其他草药代替冬虫夏草，但是其药效不敢保证。傅嫣然急于康复，想早日以最好的状态去见宋雨田，所以也就不计较价格贵贱了。老中医附赠傅嫣然一套煎药的紫砂锅，叮嘱其务必按时服药。因为服用中药要戒腥戒辣，傅嫣然忍住没去吃川菜，迫不及待地回到公寓煎药熬汤。

一个疗程十服中药吃完，傅嫣然的状况竟然真的有了起色。首先，她觉得身上有了气力，其次是脸上有了血色。她甚至又拿起画笔，开始到塞纳河边临摹对岸的风景。傅嫣然打开手机图片库，那里面有从TT上下载的宋雨田的照片，想把宋雨田画到油画里面。没有扎实的素描功底，人物很难画好。傅嫣然在画布上涂了又画，画了又涂，宋雨田最后变成塞纳河边的一盏路灯。

傅嫣然把巴黎的公寓退掉，把一些贵重物品邮寄回宁波。老中医送给傅嫣然的紫砂汤药锅，因为太重没有带回来，她送给了邻居老太太。老太太得知傅嫣然要回国，心下戚戚然，回送了一条俄罗斯披肩给傅嫣然。说希望这辈子还能再见到她，傅嫣然闻听此言，也禁不住落下泪来。傅嫣然订好三天后回国的机票。人就是这样，一旦动了去心，就再也留不下来了。她再一次来到塞纳河畔的露天咖啡店，呆呆地坐了一个下午，甚至都忘了回复宋雨田的微信。七年前，她怀着对爱情的憧憬、对法兰西浓郁浪漫气息的向往，来到这座陌生的城市。七年来，这座城市给过她爱，也给过她痛，还给过她三次地下堕胎。挥别在即，傅嫣然心里五味杂陈，她不清楚自己到底是爱巴黎多一些，还是怨巴黎多一些。有一点是确定的，她喜欢这座城市。

回到宁波后，傅嫣然的身体状况出现反复，她又感觉浑身乏力，脸上失了血色。妈妈陪着傅嫣然去了一家中药房，按照巴黎老中医的药方，又配了十服中药，价格跟巴黎差不多。妈妈去市场买了一只专门熬药的紫砂锅，回家给傅嫣然洗药、熬药，眼睛一眨不眨地看着火苗，生怕这么贵的药汤沸出锅外。十服中药快吃完了，傅嫣然的状况非但不见好转，反而越发糟糕，慵懒疲惫至每天卧床。就连每天跟宋雨田的微信聊天，都不能超过两个小时，眼皮就会沉得抬不起来。直到有一天，爸爸在电视里看到一条新闻，说冬虫夏草是奸商收购幼蚕晒干后着色，再用胶水将晒干的幼蚕粘上草头，便开始进入市场。这样的虫草非但不能治病，着色剂和胶水所含的有毒物质，还会损害健康的身体。傅嫣然妈妈急忙拿着一条冬虫夏草放在水里检验，一杯清水很快染成土黄色，"草头"也被水泡掉。妈妈一边哭一边跳着脚咒骂无良奸商，眼泪鼻涕都甩进熬药的紫砂锅里。傅嫣然爸爸四处打听哪里可以买到真虫草，后经朋友推荐，去了一家专门经营虫草人参的店，花费更高价格买了虫草。虫草买回来之后，傅嫣然妈妈赶紧挑了一根虫草泡到清水里检验真伪，浸泡一天后，虫草既没有掉色，也没有泡掉草头。于是，傅嫣然妈妈又去配了十服中药，七味药去掉冬虫夏草，把傅嫣然爸爸高价买来的冬虫夏草放进去。

待到这十服中药吃完，傅嫣然的身体状况依然如旧。这天，傅嫣然在微信朋友圈里看到大学同学转发的一个消息，说是冬虫夏草泡完水喝，晒干后继续卖高价。傅嫣然问爸爸要来一根没有入药的虫草，掰断后又闻又舔，果然没有任何药味和腥涩。爸爸托朋友介绍买来的冬虫夏草，还是假的。

宋雨田也开始担心傅嫣然的健康状况，他很想去宁波看望傅嫣然，都被她果断拒绝。傅嫣然说自己现在形如枯槁，实在见不得人，就算是宋雨田到了宁波，她也不会与之相见。宋雨田无奈，只好每天编辑一个小笑话发给傅嫣然，每次都能惹得傅嫣然回复一连串笑脸。宋雨田觉得自己现在能为傅嫣然做的，也仅限于此。虽然没有见过傅嫣然真真切切的容貌，但是她此前随手自拍的照片，就足以让宋雨田赞叹不已。也许是出于对自己容颜的自信，傅嫣然自拍照从不屑于用美颜和P图。用傅嫣然的话说，用美颜相机自拍，就像是在朋友圈公然撒谎。宋雨田对于傅嫣然的美貌很是痴迷，他觉得傅嫣然就算憔悴成一把干花，也要比以往交往过的女性水灵百倍。所以，他说不会计较傅嫣然现在的病态，是发自肺腑的真话。

小季能明显觉察到宋雨田的变化，得知他恋爱的经过之后，小季劝他不要太认真，把这场一夜情权当治疗抑郁症的药引子。宋雨田用鄙视的眼神斜睨着小季，说一个草菅情感的作家，永远不可能写出真正的好作品。小季说，你还不了解这个女人。宋雨田说，她美丽的容貌已经足够我为之付出一切。小季说，你完蛋了。宋雨田说，我期待完蛋这一天已经很久了。

傅嫣然把买到假虫草的事情告诉了宋雨田，宋雨田用最脏的字眼儿把奸商骂了一溜够，并承诺要帮傅嫣然搞到真的冬虫夏草。傅嫣然说，你千万不要浪费钱，市场上根本不可能买到真的虫草。宋雨田安慰傅嫣然，说他会想办法的，因为一个作家的智慧不仅仅只呈现在文字上。说到写作，宋雨田很兴奋，他把李斯本和克里斯蒂娜的故事讲给傅嫣然听。傅嫣然觉得这是一个与众不同的创意，还劝他不要介意小季说的剽窃之嫌，因为傅嫣然看过电影 *Her*。傅嫣然说，《心房》开头部分与 *Her* 有一点类似，因为都是发端于男主人公与一个女声语音系统。但是接下来的故事，李斯本准备塑造一个真实存在的克里斯蒂娜，在道德伦理层面上，比 *Her* 更显张力。傅嫣然问宋雨田接下来的故事走向，宋雨田说：为克里斯蒂娜购买 CPU，已经花去李斯本所有积蓄，自从脑子里冒出为克里斯蒂娜完善生命体以后，李斯本开始陷于苦恼中不能自拔，他联系了美国麻省理工学院的仿真生命工程研究所，对方报价是一个天文数字，李斯本无力承受。我也没有想好，用什么办法来解决。

傅嫣然说：先拥有一个女人的灵魂，而后去完善一个女人的肉体，这是一个开创性的思维，至于用什么办法来解决，我相信你有这样的智慧。

宋雨田还没有来得及回复，傅嫣然又发来一条微信：雨田，我累了，我先睡会儿，我爱你。

现在，摆在宋雨田面前有两大难题：一是给傅嫣然弄到真的冬虫夏草，二是帮助李斯本造一个克里斯蒂娜的生命体。他上网搜索关于冬虫夏草的价格，发现每一克价格从一百多块到一千多块不等，假设一千块一克的是真的冬虫夏草，那么一斤虫草就得五十万，这是他无法承受的。别说五十万、五万，就连下三个月六千块钱的房租还没有着落呢。宋雨田突然发现，自己面临的困境，竟然跟自己笔下的李斯本一模一样：想塑造一个心爱女人的肉体，却身无分文。

宋雨田翻开手机通讯录，在大学同学的分组里，找到方鹤鸣。上学的时候，宋雨田跟方鹤鸣住同一个寝室,方鹤鸣年龄最大,宋雨田排行老六。方鹤鸣是安徽亳州人,家境不好,同宿舍的几个小哥们儿没少帮衬他。宋雨田从其他同学口中得知方鹤鸣现在贩卖中药材,几乎垄断了北京的中药材市场,同仁堂都得求他才能买到真材实料。宋雨田拨通方鹤鸣的手机,报了三遍名字:“喂,方鹤鸣,我是老六……雨田……我是睡在你上铺的宋雨田,妈的!”

方鹤鸣说:“嘿!是老六啊,你再不打电话,老哥都快把你忘差不多了。”

宋雨田说:“你已经把我忘差不多了。”

方鹤鸣说:“你别废话,快说,什么事儿,我这儿正忙着呢。”

宋雨田说:“你能不能帮我搞到半斤真的冬虫夏草?”

方鹤鸣说:“嚯!老六发财了呀,买冬虫夏草都论斤了,搞到没有问题,保真可就不敢说了。”

宋雨田说:“你现在不是首屈一指的药材大亨嘛,连药材都不敢保真,你还吹什么牛。”

方鹤鸣说:“这不能怪我,市场需求永远追不上造假的更新换代,谁让我们人类如此聪明来着。”

宋雨田问:“那你帮我想想办法,怎么样才能搞到真的冬虫夏草？”

方鹤鸣说：“这个真的没有办法，除非你亲自到青海自个儿挖去……”

宋雨田为李斯本找到一条出路，去美国。在宋雨田作品营造的时代，中美已经相互开放工作签证，只要被公司雇用，便可无限期居留。李斯本在克里斯蒂娜帮助下，成功应聘进入美国麻省理工学院的仿真生命工程研究所。在接下来的一年时间里，李斯本从仿生骨骼到仿生皮肤，一点一点、一块一块从研究所偷偷带出来，已经为克里斯蒂娜搭建出来一个人形。麻省理工学院仿真生命工程研究所最为核心的研发成果，是仿生系统的尖端技术——仿生神经系统。这个工程系统历经三十年两代科研人员的研发，目前已经接近完备。李斯本作为研究所的外围人员，根本接触不到核心研究成果。但是外围有外围的好处，李斯本每天负责研究所废弃资料的销毁工作，从模具到纸质验算图纸。于是，他对每天销毁的资料进行分类建档，将近一年的资料收集，他从垃圾纸篓里得到的信息，已经足够他来完善仿真的克里斯蒂娜了。

六

宋雨田在飞往玉树的飞机上，完成了他的《心房》。故事的最后部分讲的是李斯本完成了对克里斯蒂娜的“肉体”塑造，准备带着她返回中国。可是克里斯蒂娜没有任何身份证明，李斯本只能通过偷渡的方式回国。李斯本买通一艘智利集装箱货轮的水手，把克里斯蒂娜装箱藏进一个集装箱货柜，吊装上了智利的货轮，并被安放于货舱最下面一层集装箱。第一次乘坐轮船的克里斯蒂娜很是好奇，她在黑暗的集装箱里闲极无聊，便将有关海洋天文大潮和太平洋风暴的数据搜集出来进行分析，发现一场罕见的世纪风暴正在酝酿形成。克里斯蒂娜把数据分析发送给李斯本，李斯本大吃一惊，可他无法把克里斯蒂娜从最底层的集装箱里救出来。

宋雨田给《心房》留了一个开放式结尾:日落黄昏时分,满载集装箱的“马士基号”货轮驶离圣巴巴拉港,驶向茫茫的太平洋。李斯本从贴身口袋里掏出一对婚戒,用一条绸带串起那对婚戒,挂在自己的脖子上……

飞机在颠簸中降落玉树机场。宋雨田走出机舱时,觉得一丝带着冷冽空气钻进自己的肺腔,顿时通体舒坦。他打开手机,赶忙给傅嫣然发送一条微信,说自己已经到达玉树。傅嫣然问他玉树冷不冷,问他带的衣服够不够,问他带没带防雨的冲锋衣,问他机场距离县城有多远,问他是不是提前预订了酒店。宋雨田没有对傅嫣然说自己此行的真实意图,他只是说自己的创作进入瓶颈,坐在北京写不出东西,想出来走一走找找灵感。傅嫣然支持他走出北京,听说他要去青海,傅嫣然羡慕不已,说自己如果身体无恙,一定会陪宋雨田一起去青海。宋雨田说:“这里美极了,蓝天紧挨着白雪覆盖的山头,白云就在头顶上。等你养好身体,我再带你来青海。”

宋雨田大老远跑到青海,是受同学方鹤鸣启发,没有钱又想给傅嫣然弄到真的冬虫夏草，只能亲自跑一趟青海。一是图产地的虫草便宜，二是图能买到真虫草。宋雨田做了很多功课，得知青海杂多县生长的虫草品质最好，每年六七月份是采挖季节，所以他迫不及待等《心房》截稿，便上了飞往玉树的飞机。临走时，宋雨田向小季借了两万块钱，小季问他什么时候还钱，他说等到《心房》出版。小季又问，你真以为《心房》能卖出这个价钱？宋雨田说："我没有把握。"

小季有些不忍心："你熬了这么多年，这回有个动静也没准。"

宋雨田还说："如果能够出版，请给我署名田与然。"

从机场乘坐大巴到了玉树，宋雨田为省钱找了一家很便宜的小旅馆，连 WiFi 都不给提供。他只好跑到街上，找了一家网吧，把《心房》的书稿发给小季。小季说，你还得给我签一份授权书，我才好帮你运作。宋雨田说："你出一份，签上我的名字就行了，只要能出版，我肯定认。"

从网吧出来，宋雨田在路边小铺子吃了一大盘拉条子，他问端拉条子的老板娘，怎么去杂多县。老板娘没有回答宋雨田，而是反问他是不是去杂多收虫草。宋雨田说，是去收虫草。老板娘瞬间热情起来，说是可以帮他介绍货源，用不着宋雨田大老远跑去杂多。宋雨田说自己顶多买半斤，给自己女朋友用。老板娘的眼神失去了光泽，但还是把长途汽车站的位置指给宋雨田看，说每天只有一班车去杂多，早晨八点半发车。

宋雨田到达杂多县城是下午两点，两百六十公里路程，长途客车跑了五个半小时。走下大巴车，宋雨田两条腿几乎麻木，他在原地踱着小碎步好一阵子，才恢复腿的知觉。走出长途汽车站，沿街有很多专门卖虫草的小店，有的店还卖牛黄、熊胆、鹿茸、麝香和黄芪。宋雨田一家一家店铺询价，发现“虫草第一县”杂多的价格，比方鹤鸣给他的报价还要高。在一家东北人开的店铺里，宋雨田跟老板讨教，问他为什么这里的虫草卖得比北京还贵。老板是一个地包天，因为包得太狠，下巴颏儿的垂直线甚至越过了鼻尖的垂直线。地包天告诉宋雨田，说由此可见，北京城里没有一根虫草是真的。按照杂多的市场价，宋雨田口袋里剩下的一万七千块钱，仅够买二十多克虫草，还不够傅嫣然半个疗程的中药配比。宋雨田告辞地包天，刚刚走出店铺，便感觉手机振动，原来是傅嫣然询问他的行程。两个小伙子走过来，手里握着几串和田玉籽料，碰了碰宋雨田，问他要不要和田玉。宋雨田专心给傅嫣然回复微信，无暇搭理他们，他冲着两个人摆摆手，便径直朝前走去。

宋雨田接连进了几家小旅馆，家家都爆满，住店的客人大都是来采挖虫草的，大家聚集在县城等着办理采挖证。宋雨田感觉疲惫不堪，两条腿如同灌了铅一样沉重，他突然意识到自己有了高原反应。他不再继续寻找便宜的小旅馆，决心破费一下，住一宿经济型酒店。

宋雨田找身份证的时候，才发现钱包不见了，他顿时冒出一身冷汗。就在酒店登记处跟前，他把身上所有口袋翻过来，最后把双肩背包里的东西一股脑儿倒在地上，还是没有找到钱包。宋雨田仔细回忆跟自己有过肢体接触的人，除了那两个卖和田玉的人，再也想不起谁有下手机会。这一刻，他的心里泛起一股想杀人的恨意，一万七千块钱对于一个穷人来说，是一笔巨款。

宋雨田走进一家网吧，把笔记本电脑里的文件全部发送到自己邮箱。而后，他端着笔记本走到网吧老板前面，问他收不收笔记本电脑？网吧老板见多识广，从宋雨田脸上的神情就能判断出他落难了，便有一搭无一搭地砍价。最后，一台价值五千多的笔记本电脑，八百块钱贱卖给了网吧老板。

从网吧出来，宋雨田循着烤馍馍的香味儿，找到一家小吃店。杂多有一种面食，叫焜锅馍馍，在发面里卷进一层层菜籽油，揉成面团后放进焜锅内，再把焜锅放到炉膛或者热草灰里烙熟。这种焜锅馍馍外脆内软，香气扑鼻，能储存很久。青海地区的牧民放牧时，大都携带这种面食。半个钟头不到，宋雨田喝了两碗羊杂汤，吃了两个烤馍馍、五个红柳烤羊肉串。因为吃得香甜可口，宋雨田心中杀人的恨意消了一大半。他抹了一把油光闪亮的嘴巴，坐在小吃店里开始犯愁：虫草肯定是买不到了，就连回北京的路费也没了。

邻桌坐着五个陕西人，三个已经拿到虫草采挖证，正在跟其他两个人炫耀。其中一个大个子长相有点凶悍，而且瞎了一只眼，他对另一个年轻小个子说："贼你妈，出门不带身份证，这不是作死嘛，发证那帮人只认证件不认人，依我说，你碎㞞没有身份证，就赶紧回吧，该做啥就做啥去。"

小个子陕西人说："没有采挖证，就等几天，回去干吗？”

大个子陕西人说：“能挖到头草也就十来天时间，等你碎㞞办下来采挖证，就只能挖二草了，二草比头草价钱贱了一半，你碎㞞挣个屁钱。”

小个子陕西人说：“贼他妈，不管了，没有证，我明天也上山。”

几个陕西人一番话，倒是给宋雨田提了醒：买不起虫草，我自己去挖。

宋雨田追出小吃店，拉住大个子陕西人说：“大哥，我想去挖虫草，你能带我一起去吗？”

大个子陕西人让四个同伴先走，他回过头来，上下打量着宋雨田说：“你娃儿不像是干这一行的，你吃不了这个苦。”

宋雨田说：“我能坐着写书，天下就没有我吃不了的苦。”

大个子陕西人笑出声来：“你个碎㞞真会耍笑，坐在家里写书，也敢说是吃苦。”

宋雨田说：“苦，比生娃儿还苦，生娃儿是肚子里有货，写书是肚子里没有货。”

大个子陕西人半仰着脑袋思量，似乎觉得宋雨田说得有道理:“挖虫草挣不了几个钱,肯定不如写书挣得多……哦,我懂了,你是那个……那个要体验生活,是不是?”

宋雨田苦笑着说:“这年头,写书人的口袋比老太太的小脚还紧巴,我挖虫草,一是送朋友,二也想体验一下生活。”

大个子陕西人说:“好哇,我带你挖虫草,你得把我写进书里才行,我这辈子可精彩哩。”

宋雨田笑着说:“每个人都觉得自己的人生精彩得像一本书。”

大个子陕西人拉下脸来:“你个碎㞞觉得我不精彩?”

宋雨田忙说:“精彩,精彩。”

大个子陕西人说:“我还没说呢,哪里精彩了?”

大个子陕西人得知宋雨田的遭遇后,大摇其头,说挖虫草得先入帮,青海帮、甘肃帮、陕西帮、西藏帮,不入帮就没人帮你撑腰,没准挖到虫草也拿不走。大个子陕西人还说,你没有身份证就办不了采挖证,办不了采挖证就只能黑着挖虫草。宋雨田问什么是黑着挖?大个子陕西人说,没有采挖证的人就得去往那曲那边的远山去挖,那里没有警察看着,你挖的虫草得交给草头一半。宋雨田问草头是谁？大个子陕西人说，草头就是流氓，领头的是一个东北人，以前也是来挖虫草的，后来嫌累，就不挖虫草了，专门抢黑着挖的人。宋雨田问，有什么办法躲避开草头？大个子陕西人说，除非你住山上别下来，等挖够了虫草，找个晚上偷偷溜下山来。宋雨田说，那我就住山上。大个子陕西人说，山上又冷又缺氧，没吃没喝的，说不定还会碰见熊碰见狼。宋雨田笑着说："狼和熊吃肉，不吃虫草。"

大个子陕西人也笑着说："贼你妈的碎屄，舍命不舍财啊。"

宋雨田用卖笔记本电脑的钱，买了一顶帐篷、一条毯子、一柄挖虫草的小铲子、一个手电、几根蜡烛。背包里剩下的空间，全部装上烤馍馍和水。杂货店的老板看了一眼宋雨田买的东西，就明白他要干什么："去办个采挖证心里多踏实。"

宋雨田付了钱，对着老板笑笑，什么都没说，他吃力地背起背包出了门。

绵延千里的青藏高原，在日落时分显得更辽阔，也更苍凉。目光所及之处，近处的绿、远处的灰、天边的雪山，递进的层次很分明。

宋雨田听从了大个子陕西人建议，在傍晚时分跟随陕西帮上山，免得被草头盯上。上山的路上，大个子陕西人只要看见虫草，就会招呼宋雨田和小个子陕西人，教他俩如何趴在地上辨认虫草，挖虫草。

上山的路很热闹，各地来挖虫草的人都有，见到脸熟的人，便会相互笑骂着打招呼，但早就忘了彼此姓甚名谁。越往山上走，人头越稀，各个帮派都有专司看风水的人，会引领着自己人找一块虫草多的山梁安营扎寨。

陕西帮的领头人就是只剩一只眼的大个子，他既是领头大哥，又会看风水，众人只管随着他走。爬上一道山梁，夕阳已隐去多时，四周渐渐暗下来。领头大哥站在梁上四处探望，指着不远处一道梁子，说就那里了。陕西帮众人发出一阵乱糟糟的赞叹声，似乎已经望见那道梁子上满地的头草。领头大哥忽然起了兴致，放开破锣一样的嗓子，在前面唱起了歌："你妈大腚肥又宽，上跑飞机下跑船，三千鬼子来参观，一腚坐死两千三……"

陕西帮众人跟着领头大哥的调调，乱糟糟地唱和："还剩七百怎么办？"

领头大哥和众人齐声唱道："一根×毛全撂翻。"

大家心有灵犀，把“×”字咬得特别狠。一曲终了，这帮西北汉子相当于过了一次集体性生活，欢畅地哈哈大笑起来。

宋雨田问领头大哥：“这是秦腔吗？”

领头大哥大笑着说：“贼你妈，这是黄腔。”

上山之前，宋雨田给傅嫣然发消息，说自己准备去山上住几天，那里没有信号，不能跟她联系。傅嫣然迅速上网查阅杂多县的资料，她担心山上有狼有熊等野兽，还问他到了山上住在哪里？宋雨田说买了帐篷，住帐篷里。傅嫣然一听就急了，把电话打过来：“杂多县的高山草场荒无人烟，万一遇到野兽怎么办？你不能一个人住山上，不许上山！”

宋雨田笑着说：“人比野兽可怕，住在有人的地方才危险呢，放心吧，你不是支持我出来走一走嘛。”

傅嫣然说：“可你不能一个人住在山上。”

宋雨田说：“作家需要孤独的空间，在万丈红尘里，不利于思考。”

傅嫣然问：“是不是每一个作家都要这么矫情？”

宋雨田反问：“你是不是后悔爱上了一个作家？”

傅嫣然说：“不后悔，每一个女人心里都住着一个作家,你不懂。”

宋雨田说:“好吧,让我上山之后慢慢理解领会。”

傅嫣然说:“那你答应我，好好保护自己，为了我。”

宋雨田挂断电话,心里泛起一股甜蜜,他忍不住又给傅嫣然发了一条微信：我是你心里的那个作家吗?

傅嫣然回复了一个字:是。

宋雨田又问:他会永驻你心吗?

傅嫣然回复:一朝入我心,此生永相系。

陕西帮扎下营寨,在一处平缓地,一拉溜搭起来四五十顶帐篷。这些人显然都是挖虫草的常客,黑夜里搭帐篷很专业,一会儿工夫收拾停当,每顶帐篷里至少挤进去三四个人,山梁上顿时安静下来。领头大哥带着小个子陕西人走到宋雨田跟前,对他说:“你们俩没有采挖证,警察不定时会来检查,被抓住了还要罚款,也坏了我们陕西帮的名声。”

宋雨田说:“我知道,你告诉我,我们往哪个方向去就可以了。”

领头大哥往山上指了指:“你们俩往上去,翻过最高那道梁子，就是那曲地界了，接着往前走，大概得两天的脚程，那里是无人区，现在能挖到的都是上等头草。”

宋雨田很感激领头大哥，觉得他身上有一股失传的江湖侠气，只是言谈稍显粗鲁。他走过去，跟领头大哥拥抱一下。领头大哥显然不太习惯这样的方式，催促道：“贼你妈，又不是婆娘，抱个啥抱，趁黑赶紧赶路吧。”

小个子陕西人叫小艾，高中只上了一年，就跑出来四处打工。他先是在天津一家拉面馆学抻拉面，老板管吃管住，但是要把身份证收走，怕他随时跑路。半年干下来，小艾想拿着半年薪水风风光光回家过年，可是老板只发了三个月薪水，说另一半等过年回来再发。小艾原本打算过完年去广州，跟朋友一起开一家拉面馆，所以死活要把另一半薪水拿到手。老板见他撕破脸讨薪，知道他过完年肯定不会回来，越发不肯给他。把话说僵了，老板抓起一把茶壶砸到小艾头上。小艾发现头上流血，瞬间红了眼，拎起板凳给老板开了瓢。小艾不知道自己下手轻重，看到老板软塌塌倒在地上之后，便慌了神，一路逃回陕西老家。小艾的身份证就这样留在天津。本来，丢了身份证可以去派出所补办一个，但是小艾不敢去派出所，他生怕把老板打死或者打残了，警察正四处通缉抓他。没有身份证，也不敢去广州那样的大城市开拉面馆。回家过春节的时候，听人说到青海挖虫草能赚钱。小艾琢磨着，青海地广人稀，用身份证的地方不多，于是就只身跑到玉树，经人指点找到了陕西帮领头大哥。

宋雨田和小艾因为要去远山，无法中途补给食品和水，所以两个人背包全都塞满馍馍和水，加上越往高处爬越是缺氧，直到半夜时分，两个人才登上最高处的山梁。他们俩坐在山梁上歇息，大口喘着粗气，喘息匀净后才顾得上喝水。小艾仰着脖子，“咕咚咕咚”喝下一瓶矿泉水，把剩下的空水瓶顺手掷出去。宋雨田皱起眉头，起身走到远处，把空水瓶捡起来，塞进背包的缝隙里。小艾不解地看着宋雨田，宋雨田说：“你这样喝水，三天不到就得下山。”

小艾说：“我喝我自己的水，又不喝你的水，你管那么多干吗？”

宋雨田叹口气：“咱俩也算是一个团队，你要是没水喝，我能不管你吗？”

小艾说:“那咱们俩从现在开始,各走各的,我不累赘你。”

宋雨田说:“那好吧,但是你不要把空水瓶扔在山上,这里这么美,你怎么忍心破坏它。”

小艾说:“黑咕隆咚的,哪里美了。”

宋雨田抬手指了指夜空,小艾仰起头望着夜空,不再跟宋雨田争辩。头顶上,繁星闪烁,似乎伸手就可以触碰到。浩瀚深远的宇宙,以它夺人心魄的魅力,瞬间征服了两个来自不同世界的男人。不同的是,小艾就那样傻呆呆地愣着。宋雨田却已经热泪盈眶,直到鼻腔堵塞。小艾很是疑惑,问他为什么哭。宋雨田叹口气:“跟你说了,你也不明白。”

小艾背起背包,对宋雨田说:“我就讨厌你这种装×装高深的男人,咱们就从这儿分手吧。”

宋雨田说:“好吧,你记住了,水要省着喝,把空水瓶带下山去。”

小艾没有搭理宋雨田,自顾自往前走去。因为往前是一段下坡,小艾走得很快。两个人已经看不见彼此的身影了,黑夜里,突然传来小艾的声音:“给你女朋友发个消息吧,领头大哥说了,过了这道山梁就没信号了。”

宋雨田问："你怎么知道我有女朋友？"

小艾一边往前走着，一边说："你脸上带着股骚劲儿，我们读初三那年，班上早恋的男生都是你那副贱样子。"

宋雨田拿着手机，心里琢磨着：我这点心事全挂在脸上，连这个小屁孩都看得一清二楚。

宋雨田给傅嫣然发了一条微信：嫣然，再往前就没有信号了，未来这些天我们不能联系了，但我每天都会想你一万遍。

傅嫣然很快回复：我很为你的安全担心。

宋雨田：这么快？秒回啊！

傅嫣然：只要有体力，我会每时每刻拿着手机，等待你的消息。

宋雨田：不用为我担心，你就当我去闭关修炼。

傅嫣然：嗯，有件事我一直想告诉你。

宋雨田：什么事？

傅嫣然：我知道，对爱情最好的呵护是诚实，所以，我要把我以前的事告诉你。

宋雨田沉默片刻，回复道：如果你告诉我的事，会伤害到我们的爱情，最好还是不要讲出来。

傅嫣然也沉默一会儿：我最亲爱的人，原谅我这最后一次自私吧。因为每次与你沟通到水乳交融之际,这个藏在我心底的秘密就会跳出来,横亘在你我之间,我已经被这个秘密折磨得身心疲惫。我想把自己解脱出来,所以,我选择了坦诚。

宋雨田：我怎么可以让我至爱的女人如此受折磨……你讲吧,嫣然。

傅嫣然:我不是法国商业地产公司驻中国办事处的商务代表，我是一个依靠很多男人供养的工具,说得再直白一点,我是一名高级妓女。而且,认识你之前,我已经有五年吸毒史。但是,从那一夜之后,我再也没有碰过毒品,也没有让任何一个男人碰过我。因为,我不想让你男人的尊严蒙羞,也不想亵渎自己的感情。

读完这条微信,宋雨田忽然觉得周身发冷,他赶紧把刚才脱下来的冲锋衣穿上。他斜靠在背包上面,一时间大脑一片空白,不知道该如何回复傅嫣然。过了许久,傅嫣然又发来一条微信:我明白,这样的事情对任何男人都是一个打击,你可以做自己以为正确的选择,我不会怪你的,雨田。

宋雨田:相识以来,你送给我两个礼物:爱情和希望。是你的爱情,让我不再悲观绝望。是你为我点燃希望,让我走出抑郁。今夜,你又送给我第三个礼物:真诚。在这个满地都是谎言和欺骗的世界里,真诚才是最大的奢侈。此刻,除了感动,我还能说什么。想起你跟不爱的男人上床,我的心里没有一丝嫉妒和愤怒,我只觉得心疼。抱歉!嫣然,都是因为我出现得太晚,才让你受了那么多委屈。

看见宋雨田这条回复,傅嫣然哭成泪人,哽咽到拿不住手机。落在毛毯上的手机又响起微信提示音,傅嫣然赶忙翻看,是宋雨田发来的信息:把你的住址告诉我,我想给你邮寄一样东西。

七

第三天傍晚时分，宋雨田在一处平坦地方扎下帐篷，他觉得已经到了领头大哥推荐的地域：两天左右脚程，平坦开阔的地貌，无人区。两天以来，宋雨田只见过两头野驴、一群岩羊、三只藏狐、几只藏雪鸡和十几头牦牛，却没有见过一个人影。小艾也不见了踪影，宋雨田一路上没有看到遗弃的空水瓶，估计小艾跟自己走岔了路。

夜间起风了，宋雨田钻进帐篷，把背包和鞋子也拿进帐篷，免得被藏狐叼走。他在帐篷里点上一根蜡烛，掰了一小块馍馍，就着矿泉水吃起来。馍馍已近风干状态，虽说嚼起来费劲，但是也更香了。吃完馍馍，宋雨田打开手机，翻看傅嫣然的照片，心里竟有一股心如止水般的踏实与安详。翻看完照片，宋雨田听了一遍《突然好想你》，这才关机睡觉。忽然，一阵大风刮来，吹得帐篷“哗啦啦”作响，帐篷像一个大音箱，把“哗啦啦”的声音放大好几倍。宋雨田从背包里掏出笔和笔记本，他想把这一刻的神奇感受记录下来。傅嫣然，一个从未“谋面”的女人，让他置身蛮荒的无人区，却如在天堂。爱情，你怎会有如此魔力？

风越刮越大，帐篷越来越响，帐篷的支撑杆被扯拽得变形。突然，帐篷里传来裂帛之声，一股冷风瞬间灌进帐篷，蜡烛旋即被风吹灭。冲锋衣划过宋雨田脸庞，他急忙伸手去抓，却已被大风吹上半空。青藏高原上的狂风，几乎把帐篷撕成碎片。宋雨田抓住笔记本和半块馍馍塞进背包，再摸鞋子的时候，只剩下一只。等他把仅有的一只鞋子穿上，身上的薄毛衣已经被风吹透，他死死抓住被撕成布片的帐篷，顺着风势缠裹到身上。狂风吹得宋雨田踉踉跄跄，没有穿鞋的那只脚被干草茬刺得钻心般的生疼，他只好抱着背包卧倒在地上，任凭狂风肆虐。这一刻的宋雨田，活像一具木乃伊，直挺挺地躺在海拔四千多米的青藏高原上，瑟瑟发抖。疾风过处，氧气更加稀薄。有好几次，宋雨田都觉得自己快要窒息了。他从篷布里艰难地抽出一只胳膊，把背包挪到迎风的方向，这才喘上气来。他在心里不断地哀求诸神，让风停下来。从玉皇大帝到四海龙王……直到他祈求傅嫣然的时候，才觉得风势稍稍减弱。这场大风足足刮了三个多小时，吹得宋雨田疲惫至极，全身就像散了架一样，瘫软在篷布片里。就在他即将昏睡过去的时候，突然下起了雨。冰凉的雨滴落在脸上，针刺般的难受，宋雨田闭着眼抻出篷布的一角，盖住自己的脸和背包。他实在太困了，在青藏高原的夜雨中，宋雨田居然沉沉睡去。

宋雨田醒来的时候，被强烈的阳光耀得睁不开眼。他从篷布片中抽出胳膊，揉了揉眼睛，才觉察到浑身酸胀，半边身子已经麻木。他在地上翻滚了两下，把缠裹在身上的帐篷片摊开，手撑着地坐起身来。宋雨田再次揉搓着双眼，顿时被目光所及的景色惊呆了。初夏的青藏高原跟他一样，刚刚苏醒过来，摊开广袤的绿色身躯，让所有能开的花儿一股脑儿绽放。青藏高原的无霜期仅有两个月，这些花儿似乎知道时日无多，哪一朵都不肯矜持。尤为神奇的是花儿们扎堆长，这一片开白花，那一片开黄花，再接着一片开红花，像是人工种植一般规矩。

宋雨田缓缓站起身来，他被眼前从未见过的景色震撼了，像个痴汉一般瞪大眼睛，又张大嘴巴，却不知道该做什么。许久之后，他才发出一句赞叹："这就是天堂。"

接下来，宋雨田如妖魅附体，他把身上的薄毛衣、衬衣、牛仔裤、秋裤、内裤一件件脱掉。然后，他坐在地上，用衬衣把那只光着的右脚裹缠起来，外面又裹上好几层帐篷布。随后，他像个疯子一样狂奔，足足跑了有一公里，直到右脚的帐篷布松开，他才停下来，卧倒在百花丛中。倒下来的那一刻，地上的干草茬扎到赤裸的肉体上，疼得宋雨田龇牙咧嘴。从远处看，如锦如缎的草场花海，恨不能拥在怀里，装进心里。当你真的拥抱它的时候，地上的干草茬也会让你痛楚不堪。但凡世间的至纯至美，只能远观，而不可亵玩。宋雨田赤裸着全身，痛苦地卧在百花丛中，得到这样的感悟。

宋雨田把自己的半边脸埋在百花丛里，突然看见一株粗壮圆润的草头，他用手指抠了好一会儿，终于挖出第一棵完整的冬虫夏草头草。宋雨田站起身来，急匆匆地走回到宿营地，把衣裤穿戴上，从背包里翻出铲子，开始采挖虫草。他按照领头大哥教授的方式，趴在地上，四肢并用往前匍匐。等他挖到十几棵虫草后，已经能够从露出地面的草头，判断出虫草的大小。宋雨田专门挑选粗壮饱满的草头，他要为傅嫣然采挖到最好的虫草。一上午工夫，他便挖到四十多棵头草，把它们摆放在帐篷布上晾晒风干。等他再次俯身趴在地上的时候，突然觉得眼晕，随即便觉得头疼欲裂。宋雨田把头放在一株厚草甸子上，闭上眼睛任其痛感在脑袋里乱窜，他知道这是正常的高原反应。这次头疼之所以来势凶猛，可能跟自己刚才奔跑有关系，宋雨田心里想。

宋雨田再次醒来，已经是下午，头疼症状减轻很多。他在草地上翻个身，接着往前匍匐，继续找虫草。太阳落到雪山的时候，他已经采挖到五十多棵虫草，而且都是大株饱满的头草。他把挖到的虫草收进布袋，又在外面包裹上塑料袋，担心晚上下雨淋湿虫草。接受昨晚的教训，宋雨田找了一处背风凹地，作为今晚的宿营地。高原之上，一旦没有太阳，气温骤降。帐篷已经被风撕成布片，唯一能够御寒的方式，就是用帐篷布把自己像粽子一样裹缠起来。这样也有问题，裹缠时间长了，身体里的血液流通不畅，身体很容易麻木。宋雨田在地上翻滚两下，把帐篷布摊开，起身去收集了一抱干草回来。他用打火机点燃干草，一点一点往火堆里续草，身上顿时有了暖意，同时也来了饿意。宋雨田把干巴巴的馍馍放在火上烤了一会儿，馍馍很快变得松软，他就着小半瓶水吃下半个烤馍馍。如果遵从欲望，他觉得自己此刻能吃下两个烤馍馍。

这一刻，宋雨田觉得终于有时间可以想想傅嫣然了。他能体谅傅嫣然下了多大决心，跟自己坦白她不堪的曾经，这不是任何一个女人都具备的勇气。仅从这一点，宋雨田觉得傅嫣然的灵魂是高贵的。

宋雨田打开手机，翻看自己跟傅嫣然的微信。当他看到自己那段回复后，禁不住出了一额头冷汗：想起你跟不爱的男人上床，我的心里没有一丝嫉妒和愤怒，我只觉得心疼……

虽然这是他当时的真切感受，但是这样的话说出来，还是会或多或少伤害到傅嫣然。一旦形成这样的格局，傅嫣然和自己就不是平等的。因为自己是站在高处，对傅嫣然进行了一次慷慨的施舍：虽然你跟不爱男人上了床，但是我不计较……

宋雨田狠狠地拍了一把自己的脑门，他决心弥补自己的愚蠢和粗鲁。他开始在手机上编辑微信，准备下山之后，第一时间发给傅嫣然：谢谢嫣然，你给我提供一个如此另类的创意！你居然把我们平淡无奇的爱情演绎成这样曲折和跌宕的故事。只要你愿意，我一定会为你创作出一个美丽的爱情神话。嫣然，我爱你！你是个天才！

傅嫣然的确犹豫很多天，才鼓足勇气，把巴黎那段经历告诉宋雨田。宋雨田从来没有问过她的过往，不像大多数男人，一旦确定恋爱关系，就追问个不停。男人的情商仅限于此，追问女人的过往无非就想知道一件事：你跟多少男人上过床？女人若是如实坦白，男人心里肯定懊恼。女人若是隐瞒，则会给这个女人养成对男人撒谎的习惯。所以，从这一点来说，宋雨田又是智慧的。宋雨田越是不问，傅嫣然心里就越是不踏实。她知道，欺骗和背叛是人类情感的最大杀手。傅嫣然想得很长久，两个人的爱情迟早有一天会归于平淡，爱情会滋养出亲情，亲情会把彼此守望滋养成习惯。如果有一天，两个人垂垂老矣，她愿意坐在摇椅上与心爱的雨田分享自己所有过往。若是总有一个雷区需要避开，会让安详的回味变味。还有，若是自己老年痴呆了，有一天误踏进雷区，岂不是把自己和老态龙钟的雨田一起炸死……

作为一个作家，宋雨田一些异于常人的行为，傅嫣然完全能够理解。包括他一个人要进入青藏高原无人区，傅嫣然在心里甚至会为宋雨田美化这样的行为:作家在市侩喧嚣的都市里被蒙蔽太久,需要去一个远离人烟的清净地方洗涤心灵。所以,傅嫣然选择在这个时候把自己的过往和盘托出,就是想让宋雨田有充分思考的时间。她把那段开场白编辑了十几遍，才发给宋雨田,而后做好宋雨田会询问某些细节的准备,她会把丽思卡尔顿酒店的原委说清楚。可宋雨田的表现令她很意外,非但没有懊恼,反而反过头来安慰自己,甚至向自己道歉。傅嫣然被宋雨田非同寻常的大格局感动得一塌糊涂,越发铁了心地爱上这个非同寻常的男人。宋雨田如上帝般的仁慈,这样的男人不是人,是神。傅嫣然开始后悔并痛恨自己曾经的堕落,她觉得自己只有用更多、更纯粹的爱,来回报宋雨田。傅嫣然甚至开始痛恨自己的身体,为什么会这样糟糕? 回到宁波后,父母带着她先后看过几位著名的中西医,傅嫣然综合几位医生的语焉不详,得出结论:长达五年吸毒,亏欠身体元气,调理需要时间。

不然,此刻的她,肯定会陪伴在宋雨田身边。管它无人区还是雷区,她都会与之不离不弃。傅嫣然憧憬着她和宋雨田的未来,甚至规划到孩子、展望到孙子，心里充盈着甜蜜。更多时候，傅嫣然也在为宋雨田担心，青藏高原无人区是她想象不出的蛮荒之地，宋雨田会寂寞吗？安全吗？冷吗？

半夜又下起雨，这就是青藏高原的夏季，哪块云都带雨。被冰凉的雨水浇醒后，宋雨田赶忙把裹缠右脚的那块帐篷布解下来，盖住背包。收拾停当，再迅速钻回那块大一点的帐篷布，最后把脑袋也裹缠住。右脚被干草茬扎伤后有点感染，伤口一直愈合不上，现在经雨水一泡，他觉得脚底酸胀肿疼。宋雨田不停地在心里安慰自己：幸亏今夜只下雨，不刮风，肯定是嫣然在为我祈祷；每天半夜被雨水浇醒一次也挺好，还能起来活动一下身体活活血，省得睡一整宿，没准全身都麻了。

每个白天，都是强紫外线的高原阳光曝晒。每个夜晚，要么是风，要么是雨，要么风雨交加。五天之后的宋雨田已经变成另外一个人，面色黢黑，脸上爆皮，衣衫褴褛，活像一个野人。采挖的虫草已经装满整整一只布袋，而且全是饱满的头草，应该足够傅嫣然用药的分量。宋雨田准备明天就下山，他所携带的给养，只剩下一个半馍馍和一瓶半矿泉水，准备两天归程途中食用。今天，他只采集了一些黄色蘑菇充饥。这种黄蘑菇从未见过，一开始，他不敢尝试，生怕中毒。后来，他发现自己带的烤馍馍不够吃，这才一小口一小口吃下这种遍地都是的黄蘑菇，居然觉得味道不错。

宋雨田坐在草地上，斜倚着背包吃黄蘑菇。忽然，他想起小艾，这个没有计划性的小伙子，应该早就馍尽水绝下山了吧？刚刚想至此，一个人影跃入视野，宋雨田使劲揉揉眼睛，确定不是黑熊。这个人越走越近，宋雨田觉得这个人穿的衣服眼熟，禁不住站起身来，发现这个人穿的竟然是自己被风刮走的冲锋衣。这个人越走越近，在距离宋雨田十几步远的地方站住，用沙哑的声音问道："是北京的宋作家吗？"

宋雨田吃了一惊："小艾？"

小艾说："是我。"

宋雨田问："你的背包呢？你脸上怎么受伤了？"

小艾一边脱冲锋衣，一边往身后张望，神情有些紧张。他走过来，把冲锋衣扔给宋雨田，问道："你还有水吗？"

宋雨田弯腰从背包里掏出半瓶水，犹豫了一下，又塞回去，接着掏出一整瓶矿泉水，递给小艾："这是最后一瓶水，你省着点喝。”

小艾接过水，仰起脖子，“咕咚咕咚”一气喝下去半瓶，把剩下半瓶水揣进自己裤子口袋。宋雨田看到小艾的左眼肿起一个大包，眼睛只剩下一条缝，额头上一道伤口已经被血凝固住，显然是受伤不轻。小艾舔了舔干裂的嘴唇，问道：“你挖了多少虫草？”

宋雨田拎起布袋子：“看，满满一袋子，你挖的虫草呢？”

小艾说：“你赶紧把虫草藏起来，东北帮来了，专门在山上抢黑挖的人，我的虫草被他们全抢走了。”

小艾四周张望着，右眼里露出恐惧和愤怒。突然，小艾用手一指远处的山梁说：“是他们，来了，来了，你赶紧跑吧。”

宋雨田迟疑一下，对小艾说：“我丢了一只鞋，跑不了多远，就会被他们追上。”

小艾说：“那我不管了，我得赶紧逃命去。”

小艾说完，便急匆匆地走了。宋雨田喊住小艾，追上去把最后一个完整的馍馍塞给他。小艾也不推辞，接过馍馍，继续往前一溜小跑。宋雨田回头看了一眼远处的山梁，大概有六个人，正朝着自己这边过来。宋雨田四下看了一眼，觉得自己肯定逃脱不了这场纠缠,但也绝不能把搭上自己半条命挖到的虫草拱手相让。他拿着装满虫草的布袋,抓起小铁铲,找了一处他认为不显眼的地方,快速挖了一个土坑,把一整袋虫草埋起来。而后又挖来几株蒿草,遮盖住新翻出来的土,直到自己都看不出任何痕迹。然后,他从埋虫草的位置,朝着太阳的方向往前量出十三步,垒起三块石头作为标记,他生怕自己也找不到埋藏的虫草。做好标志之后,宋雨田收拾起背包,奔着杂多县方向走去。他回头看了一眼,身后的六个人兴许是看到宋雨田要离开,他们也加快了脚步追赶,双方距离越来越近。

宋雨田右脚底有伤, 一瘸一拐走出去不到一公里,就被东北帮六人追上。六人中五个人背着大号背包,里面塞得鼓鼓囊囊,除了给养都是抢来的虫草。这些人把宋雨田围在中间,问他要虫草采挖证。宋雨田说:“我的钱包被人偷了,办不了采挖证。”

东北帮领头的是一个脸上有刺青的光头,手下称呼他义哥。义哥举手投足之间都有一股黑社会老大的范儿,大概是担心影响老大的气质,所以他没有背背包。义哥没有说话,只是伸出两根手指,对着宋雨田轻轻一挥,两个马仔便扑上去,他俩搜遍宋雨田的背包和全身,没有找到一根虫草。义哥的脸色阴沉下来,对其中一个马仔说:“喷子,问问他,虫草哪去了。”

喷子对着宋雨田的小腹猛击一拳,宋雨田闷哼一声,当即蜷缩倒地,一脸痛苦相。喷子又上前补了一脚:“听见没有,义哥问你呢,虫草呢?”

宋雨田说:“光天化日,朗朗乾坤,你们……你们结伙抢劫,就不怕法律、法律制裁吗?”

义哥学着影视剧里的冷笑:“嘿嘿……在这里,我就是法律!你不办采挖证,就是违法,不敢去办采挖证的人,非奸即盗,你还敢跟老子扯法律。”

义哥把话说完,喷子对着宋雨田又一顿暴揍。其间传来一声惨叫,是宋雨田的鼻梁骨被踢断了,他的脑袋瞬间变成一个血轱辘。义哥再次伸出两根手指,喷子立刻停止施暴。不管是动手,还是住手,义哥都伸出两根手指,难得的是手下全然看得明白。义哥看到宋雨田裹缠着帐篷布的右脚,他走过去,一脚踩住他受伤的右脚,使劲地碾搓。宋雨田发出一声更惨烈的吼叫,差点疼晕过去。义哥低沉地问道:“告诉我,虫草藏哪儿,你就少受一点皮肉之苦。”

宋雨田痛苦地喘息着:“你……们这些蛇蝎畜生,就算……就算是打死我,老子也不会说的。”

义哥又伸出两根手指,对着宋雨田点了一下:“那就把他打死。”

这一回,三个马仔一起上前,用脚狠狠地踢打躺在地上的宋雨田。而宋雨田的惨叫声越来越微弱,最后几乎没有了声息。众马仔停下来,回头望着老大,等待指示。义哥用两根手指把五个马仔聚拢过来,指着刚才过来的方向:“他肯定把虫草埋起来,你们一字排开,在这一片儿仔细找找。”

五个马仔把背包卸下来,一字排开,朝着刚才来的方向搜寻过去。义哥坐在地上,倚靠着背包,从怀里掏出一个金属扁瓶,开始喝起酒来。他不时回头看一眼躺在地上的宋雨田,大概是担心他真的死了。宋雨田突然咳嗽一声,透上气来,才感觉到抽筋断骨般的剧痛,他躺在草地上,蛇一样地扭曲着肢体,嘴里发出含混不清的呻吟。义哥灌下一口酒,咂吧咂吧嘴唇:“你真是舍命不舍财的主儿,把虫草交出来,你还可以再挖,把小命搭上了,你就什么都没了。”

宋雨田清了清嗓子:“我……想求你个事。”

义哥说:“这就对了,快说。”

宋雨田说:“我不是……不是挖虫草卖钱的,是……因为我女朋友病了,我买不到,也买不起真虫草,所以,所以就自己……大老远从北京跑来青海挖虫草，我女朋友还等着虫草治病呢。你……能放过我，让我带着虫草回北京，给我、给我女朋友治病吗？”

义哥仰起脖子，喝干扁瓶里最后一口酒：“你小子是个编剧吧？”

宋雨田说：“差……不多吧，是个作家。”

义哥说：“我就说嘛，编得还挺感人的，但是我告诉你，不行！我最恨那些不守规矩的人，你不办采挖证，就是你违规，我就要匡扶规矩，伸张正义。所以，你赶紧告诉我，把虫草藏在哪儿，免得皮肉跟着你遭罪。”

宋雨田吃力地仰起头，想看看义哥的嘴脸：“你真的不肯、不肯放过我？”

义哥说：“我这个人铁面无私，绝不放过任何一个不守规矩的浑蛋。”

宋雨田放下使劲抻着的脑袋：“你真、真他妈的是一个浑蛋！”

这时候，并排成一条线的五个马仔，从另一侧走回来。喷子说：“大哥，没有找到虫草。”

义哥说：“那就继续去找。”

喷子凑过来说：“大哥，地界这么大，咱这是大海捞针啊，依我说，还是应该让这小子开口自己说，这活儿咱们干三年了,还没有碰见过不开口的主儿。”

另一个马仔跟着说:“就是啊,大哥,咱不能堕了东北帮的名号,有工夫在这儿大海捞针,咱们还不如再去抓一个黑挖的。”

义哥似乎觉得两个手下说得有道理,他轻轻点点头,走到宋雨田跟前,蹲下身来,抓起宋雨田的衣领,问道:“我最后再问你一遍,你把虫草藏在哪儿?”

宋雨田努力睁开眼睛,待他看清眼前是义哥后,把嘴里的一口浓血吐到义哥的脸上。

义哥站起身来,抹了一把脸上的血水。喷子赶紧掏出纸巾来,给义哥擦脸。义哥一把夺过他手里的纸巾,草草地擦了一把脸,接着又擦拭手上的血水,一言不发。喷子不知道义哥什么意思,他一边叫骂着,一边冲上去要继续殴打宋雨田。义哥关键时刻又伸出两根手指:“慢着!”

喷子急忙收住脚,转回头来看着义哥。义哥依旧不紧不慢,表演着心狠手辣的黑社会大佬范儿,用纸巾擦着指缝里的血水。擦拭到自己满意之后,义哥踱着方步走到宋雨田跟前,把手里沾满污血的纸巾轻轻掷到宋雨田的脸上,尽量用平缓的语气说:“跟我熬着死扛,等着把我们熬走了,你再回来把虫草挖出来,是不是？”

宋雨田说：“是。”

义哥又问：“那你是铁了心，不肯告诉我，虫草埋在哪里了？”

宋雨田说：“是。虫草是给我女朋友的，我怎么可以……可以交给你们这帮畜生。”

喷子冲过来，对着宋雨田小腹狠狠踢了一脚，嘴里叫嚷着要把他活活打死。义哥用两根手指制止住喷子，然后把两根手指对准自己的双眼，说道：“别打了，让他的两个眼珠子喝药水，我们找不到虫草，他也别想找到。”

宋雨田浑身轻轻抽搐一下，还在平复他刚才被重创的疼痛。喷子犹豫了一下，直到义哥两道冷森森的眼光射过来，喷子才急忙从背包侧兜里面掏出一个塑料瓶。喷子拧开瓶盖，一把抓住宋雨田的头发。宋雨田虽然不知道瓶子里面装的是什么药水，但他知道肯定不是什么好东西，他左右摇摆着脑袋，嘴里大声喊叫道：“不！不！”

宋雨田挣扎的力气很大，挣脱了喷子抓头发的手。喷子喊道：“哥儿几个来帮帮忙。”

其余四个人一起拥上去，摁住宋雨田的身体和脑袋。喷子一只手扒开宋雨田的眼皮,另一只手微微有些颤抖，但他还是把瓶子里的药水喷进宋雨田的眼睛……

亘古横卧的青藏高原上,传来两声撕心裂肺的惨叫。盘旋在空中的一只鹰隼被惨叫声惊扰,嘶鸣一声,急匆匆往上冲去,直到隐入云霄……

八

宋雨田觉得有人给他往嘴里灌什么东西,而且他被呛了一口,禁不住剧烈咳嗽起来……

宋雨田猛然醒来,他努力睁开眼睛,却发现眼前一片漆黑,两只眼睛扯着心一样生疼。但是,他能感觉到,有人正在喂他喝水。宋雨田问道:“你……是谁?”

给宋雨田喂水的是小艾,小艾放下手里的半瓶矿泉水:“我是小艾。”

宋雨田抬起右手,抚摸一下眼睛,在手指触碰到眼皮的一刻,他感觉到一阵钻心刺骨的疼痛,他问小艾:“我的眼……瞎了,是不是?”

小艾说:“应该是吧。”

宋雨田沉默了,他的鼻腔突然被一股液体堵塞,他使劲吸到嘴里吐出来。他猜想，肯定是泪腺被破坏了，自己刚才吐出来的，应该是自己的泪水。从此以后，自己的泪水难道要通过鼻子和嘴巴流出来吗？

许久，宋雨田才开口说话：“小艾，他们走了吗？”

小艾说：“走了。”

宋雨田又问：“我还躺在原地，是吗？”

小艾说：“是。”

宋雨田在空中抓了两下，被小艾的手握住。宋雨田说：“小艾，我求你个事。”

小艾问：“什么事儿？”

宋雨田说：“你还辨得清，我们俩上午相遇说话的方向吗？”

小艾点点头，点完头才想起宋雨田看不见，就说：“认得清。”

宋雨田说：“好，你从我这里往那个方向走一千七百六十五步，就会看到地上有三块石头，摆成一个等边三角形，从这三块石头的位置，背着太阳，再走十三步，我的虫草就埋在那里。你能帮我取出来吗？”

小艾说：“好。”

小艾刚刚走出十几步，又听宋雨田说：“你走的步子不要太大，我脚上有伤，迈不开腿。”

小艾说:“知道了。”

宋雨田又说:“你走一千七百七十步吧,他们打我的时候,我往后退了五六步……”

小艾按照宋雨田说的方向和步数,果然找到他埋藏的虫草。小艾拎着布袋子往回走的时候,心中暗暗称奇:这个宋作家真的跟别人不一样,能为一袋子虫草搭上一双眼。

小艾掂量着这一布袋虫草,至少也得值十多万块钱,如果自己现在拿走这袋子虫草,宋雨田一点办法都没有……小艾纠结着走回来,把布袋递到宋雨田手里。宋雨田两只手摩挲着布袋,又伸手打开袋口,对小艾说:“埋在土里闷了半天,可别糟蹋了这些虫草。”

小艾说:“赶紧下山吧,把这些虫草卖了,正好治你的伤。”

宋雨田说:“可不能卖,这些虫草是要寄给我女朋友治病的。”

小艾说:“你不要命了?”

宋雨田说:“这些都是皮肉伤,离五脏六腑远着呢,要不了命的。”

小艾看着如一摊烂肉般的宋雨田,禁不住摇头叹气,真的不明白眼前这个男人,为什么会这么执拗。他刚才撇下宋雨田,已经跑出去很远,想离东北帮的那六个人渣越远越好。直到他听见宋雨田的惨叫声,才停下脚步。就在小艾犹豫要不要去看个热闹,他又听到宋雨田的第二声惨叫,这叫声几乎有一股穿透人心的绝望。小艾没有勇气继续往前走,他心里清楚,宋作家是一个好人,是他见到的第一个不把空水瓶扔在野地里的男人。之所以跟他赌气分开,就是怕他唠唠叨叨,连自己喝水都要管,简直比父母还讨嫌。

小艾迂回到一座山梁后面,猫着腰趴在地上,正好能看见宋雨田和东北帮的人。小艾看到宋雨田躺在地上一动不动,以为他已经死了,心里越发恐惧,急忙缩回脑袋,蜷缩到山梁后面。

东北帮折磨够了宋雨田,骂骂咧咧地走了。临走时,喷子还对着宋雨田身上撒了一泡尿,他一边尿,嘴里一边唱着:“这是一条神奇的天路耶……”

等东北帮走远,小艾才敢伸出头来,盯着宋雨田看了半天,他还是一动不动。小艾觉得宋雨田肯定被打死了,他在犹豫着,自己直接走人,还是下去从宋雨田背包里找点馍馍和水。

小艾翻开宋雨田的背包,才发现里面只剩下半块馍馍和半瓶水。返回杂多县还有两天路程，就在此前一刻，这个男人居然把一整瓶水和一整个馍馍，送给自己……小艾突然间被感动了，翕动两下鼻子，流下泪水来。他走过去，仔细看了一眼宋雨田，脸上几乎已经辨不出人形。小艾看到宋雨田脖子拧着，想给他整理舒服一些，突然觉察到宋雨田还有呼吸。就这样，小艾守在他身边，直到他醒来。

宋雨田身体很虚弱，他对小艾说话也是有气无力："你……愿意帮我回到杂多吗？"

小艾点点头，点完头才说："我帮你。"

宋雨田说："我的包里有抗生素胶囊，你帮我、帮我把胶囊打开，把药面撒在眼睛里。"

小艾从背包里找到抗生素胶囊，打开两枚。宋雨田说："你得给我……把眼皮翻开。"

小艾颤巍巍地扒开宋雨田的眼皮，宋雨田随即发出一声闷哼，牙齿咬得"咯吱吱"响。小艾能看见，宋雨田整个躯体都在抽搐，随着躯体抽搐的节奏，他一时手足无措，赶紧松手。宋雨田长长地喘了一口粗气："翻……翻开眼皮，把药面倒进去。"

小艾给宋雨田两只眼睛上完药，身上紧张出一身汗。他从宋雨田背包里找出一件干净衬衣，撕成布条后，缠裹在眼睛上。小艾收拾停当，觉得自己快要虚脱了，一屁股坐在地上，紧挨着宋雨田喘起了粗气。

大概过了有一个小时，两个人默默坐着，谁都不说话。直到一股冷风吹来，小艾缩了缩脖子，把衣服拉链拉上，才发现太阳已经渐落西山。宋雨田长叹一声："小艾，你扶我起来，我们往回走吧。"

小艾说："现在走不了，天快黑了。"

宋雨田沉默一会儿："我的余生只剩下黑夜了。"

寥廓苍茫的长空，一队北飞的大雁排成"一"字，发出一阵阵鸣叫。宋雨田下意识抬头仰望天空，他在想象此刻的天空，想必是雁阵惊寒，残阳如血……

也许是天见犹怜，这一夜的青藏高原上，竟然无风也无雨。两个经受暴力蹂躏的男人，度过一个安稳之夜。

早晨，强烈的阳光刺醒沉睡的小艾，他坐起身来，看到宋雨田还在沉睡。小艾轻轻推了推宋雨田，见他无任何反应，用手一摸他的额头，才发现他的额头烫手，宋雨田发烧了。小艾明白，再在这里耗下去，宋雨田肯定没命了。他不再做任何迟疑，把虫草装进背包，挂在胸口前，然后背起宋雨田，朝着杂多县的方向走去。

好在返程的下坡路居多，在含氧量不足的青藏高原上，背负一个成年男人行走，让小艾苦不堪言。小艾涉世不深，以前遇到过一些“江湖大哥”醉酒之后，常常豪言壮语，说什么“滴水之恩当涌泉相报”之类的话。宋雨田给自己的可不是一滴水，是一瓶水和一个馍馍，而他自己只留下半瓶水和半个馍馍，这样的大恩支撑着他一路艰难前行。这一天，小艾给宋雨田喂过两次水、吃过两次馍馍，还给他换过一次抗生素药。宋雨田时而清醒，时而昏迷，有时候还伏在他的肩头念叨着“嫣然”。小艾估摸着，嫣然肯定是宋雨田为她挖虫草的那个女人。

再一个黑夜来临时，两个人的水和馍馍全都吃完了，小艾却还是觉得饥肠辘辘。水还好解决，随着海拔高度越来越低，雪山上融化的溪流渐渐多起来，小艾找到一条小溪，灌满四瓶水。看来，宋作家不让自己乱扔矿泉水瓶，还是有道理的，小艾心里想。没有食物果腹，对一个不到二十岁的小伙子来说，实在太难熬了。小艾不死心，打开宋雨田的背包，搜个底朝天，想找到一点吃的，却只发现几个干瘪的黄蘑菇。小艾见过黄蘑菇，这里几乎遍地都是。他把黄蘑菇凑到鼻子下闻了闻，觉得有一股药香味儿，很好闻。宋雨田既然能把这些蘑菇装在背包里，肯定是能吃的。小艾嚼了几个，就着雪水吞下一个黄蘑菇，觉得味道还不错。他趁着宋雨田稍微清醒之际，也喂他吃了两个黄蘑菇。而后，他把雪水倒在一条脏毛巾上，给宋雨田冷敷在额头上，希望能够给他身体降温。

第三个早晨醒来时候，宋雨田的体温降下来，他让小艾打开自己的手机，说是想听一首歌。小艾问他听什么歌？宋雨田说，《突然好想你》。小艾笑着说，你们作家真够浪的，稍微好受一点，就想婆娘了。宋雨田没有理会小艾的揶揄，静静地欣赏着女声版的《突然好想你》，觉得字字句句都是傅嫣然对自己的真情倾诉。小艾把这首歌无限循环，给宋雨田戴上耳机，然后背负上宋雨田，继续下山。小艾的体力几乎快透支了，每行走一步，都能感觉到自己的双腿在打战。突然，小艾一脚踩进一个鼠洞，摔倒在地上，宋雨田滚出十多米远。小艾看了一眼远处的宋雨田，他觉得自己已经没有力气再背负一个大男人下山了。他踉踉跄跄走到宋雨田身边，发现他已经昏迷过去，额头又开始发烫了。小艾绝望地坐在地上，抬头看了一眼山下，隐隐约约看见散落山野的人影。小艾知道，这是挖虫草的人。此刻，他一步都不想迈了。小艾躺在草地上，打开手机，拨通陕西帮领头大哥的电话，说自己和宋雨田就在他们上方的山梁上……

宋雨田被送到就近一个小诊所，诊所里只有一个六十多岁的秃顶小老头。宋雨田身上的伤口多处已经化脓溃烂，两只眼睛的眼球已经被烧成乳白色，秃顶小老头从没处理过这么严重的伤势，吓得心慌腿软，半瓶碘伏差点倒进宋雨田嘴巴里。秃顶小老头生怕担责任，建议领头大哥把宋雨田送到玉树的大医院。领头大哥摇摇头，说抽不出人手来，熬了一年，能挖到头草的日子就这么几天，谁都不愿意走。领头大哥还有一个担忧没讲出来，那就是医药费，宋雨田身无分文。领头大哥问秃顶小老头："不送大医院，会死人吗？"

秃顶小老头说："只要不感染，就死不了。"

领头大哥又问："送大医院，能保住眼吗？"

秃顶小老头说："眼球都烧成白色了，想要保住眼，除非送回娘胎里。"

领头大哥叹口气："那就放你这儿吧，人死了，就找你碎屃算账。"

小艾一边啃着馍馍，一边把事情经过跟领头大哥讲了一遍。领头大哥断定是东北帮干的事，刺青光头是义哥。领头大哥还说，陕西帮去年夏天挖的虫草，被东北帮抢去了一半。领头大哥让小艾去找警察报案，小艾死活不肯，他还在担心天津拉面馆老板那档子事儿。领头大哥怕吃挂落儿，擒着小艾去了警务点，警察做了记录，还让小艾按了手印。警察随后便开始批评小艾，说他无证采挖，被抢被打都是活该。警察批完骂完小艾后，还要罚款一万块。小艾身上原本带有一千多块钱，被东北帮抢走了。领头大哥自认倒霉，替他交了一万块钱罚款。随后，警察还要再交三千块，重新办理采挖证。领头大哥带着小艾走出警务点，对小艾说："你个碎娃能把宋作家从山里背出来，老子觉得你是个人物，才给你垫了一万三千块。"

小艾说："采挖证办好了，我挖个三五天虫草，就能给你还钱了。"

领头大哥点点头说："钱不用还，你碎娃把宋作家那袋子虫草给我，我就跟你平账了。"

小艾说："那是宋作家的虫草，我拿来顶账，恐怕说不妥。"

领头大哥说："宋作家成废人了，我们救了他的命，还给他找医生保命，他搭上一袋子虫草，也是占了大便宜。”

两个人正说着话，老远看见秃顶小老头慌里慌张跑过来，说是宋雨田清醒了，非要见小艾和领头大哥，有要命的事情交代。小艾和领头大哥只好随着秃顶小老头，再次返回小诊所。

宋雨田听见小艾和领头大哥进来，急忙挣扎起来，嘴里不住地称谢。领头大哥问他，有什么要命的事情？宋雨田让小艾从背包里找出自己的手机，开机后，让他进入微信朋友圈，找到傅嫣然，帮自己把在山里编辑好的那条微信发出去。小艾依照宋雨田所言，找到那条微信。领头大哥很是好奇，掰过小艾手里的手机，看了一眼那条微信：谢谢嫣然，你给我提供一个如此另类的创意！你居然把我们平淡无奇的爱情演绎成这样曲折和跌宕的故事。只要你愿意，我一定会为你创作出一个美丽的爱情神话。嫣然，我爱你！你是个天才！

小艾发完微信，傅嫣然很快回复过来，询问宋雨田在山里面过得怎么样，有没有冻着，身体有没有生病？小艾一一读给宋雨田听。宋雨田让小艾帮忙，给傅嫣然做了回复。傅嫣然大概是一个礼拜没有跟宋雨田交流了，一刻不停地问寒问暖问平安。宋雨田知道小艾人小脾气大，担心他烦躁，就让小艾告诉傅嫣然，说自己累了想睡觉。傅嫣然停住发送微信，宋雨田才长长舒了一口气，他嘴里唤着领头大哥和小艾的名字，伸出两只手在空中。领头大哥和小艾各抓住宋雨田一只手，领头大哥问宋雨田，到底有什么要命的事儿？宋雨田抓住两人的手说："我这趟来玉树，就是给嫣然来弄虫草，没想到搭上了自己一双眼。"

领头大哥想说两句安慰宋雨田的话，却一时找不到合适的言辞。宋雨田继续说道："我现在等同一个废人，所以还得烦请两位，帮我把虫草快递给嫣然，微信里有嫣然的地址，小艾帮我找找。我现在身无分文，只剩下一块手表，这表是我爷爷留下来的瑞士机械表，还值不少钱，小艾帮我卖了吧，应该能够快递费和诊所的诊费。"

第二天，领头大哥和小艾租了一辆摩托车，去了杂多县。找到县里唯一一家快递公司，打包裹的时候，领头大哥把宋雨田的虫草倒出来一半，装进另一个袋子。小艾问他做什么？领头大哥说，不卖一半虫草，快递费和治疗费谁来出？小艾说，宋作家不是让咱们把他的手表卖了吗。领头大哥说，一块破手表值几个钱，我戴着玩吧。寄出快递包裹后，领头大哥把摩托车骑到虫草交易市场，卖掉了宋雨田挖的虫草。就算是在杂多县的虫草交易市场，也很少见到这么好的头草，一下子吸引来五六家大主顾。半袋子虫草称完净重，最后叫价叫到了十九万，被一个湖北采购商拿走。走出虫草交易市场，领头大哥塞给小艾一万块钱："什么该说，什么不该说，你个碎娃心里清楚。"

返程路上，领头大哥又去了一家卖藏刀的店铺，他让小艾在外面看着摩托车等他。不一会儿，领头大哥抱着一个沉甸甸的纸箱子走出来，他把纸箱子递给小艾抱着，两个人天黑时分才赶回挖虫草的宿营地。快走到宿营地帐篷时，小艾脚下绊了一跤，连人带纸箱子摔倒在地，纸箱子里竟然散落出十几把一尺多长的砍刀。

九

傅嫣然收到虫草,是一个下午,天正下着小雨。一开始,傅嫣然还以为是网上购物的快递。打开后,看到是虫草,她很吃惊,不知道是谁快递给自己的。当她看到寄件地址是青海玉树杂多县,猜想大概是宋雨田快递来的。傅嫣然有些吃惊,凭她的直觉,宋雨田的经济好像很拮据,而这些虫草应该价格不菲。傅嫣然的爸爸担心还是假货,拎起一布袋虫草去找他的朋友鉴定。朋友看到这一布袋虫草后,下巴颏儿几乎掉到地上,因为这是一袋子最上等的高原头草,市场上几乎见不到这样的上乘货色,所以价格也无法估量。用朋友的话说:“因为见不到这样的货色,所以,你开价三千一克、五千一克都成,这袋子虫草至少价值百万……”

傅嫣然的爸爸回家路上,双手紧紧把布袋子抱在胸前。路经一家菜市场,傅嫣然的爸爸进去买了一个带拉链的环保布袋,把那袋子虫草套在里面。随后,把环保布袋的提手套在脖子上,双手还是紧紧环抱着胸前的虫草。回到家中,傅嫣然的爸爸出了一身汗,两只胳膊紧张得已经抬不起来了。

傅嫣然给宋雨田发了一条微信,说虫草收到了,还问他用多少钱买到这样好的上等头草。直到晚上,傅嫣然才收到宋雨田的回复,口气淡淡的,只叮嘱她按时服药,早日把身体养好。傅嫣然又追问一句,问他从哪里弄到这么好的虫草?过了一会儿,宋雨田才回复,说杂多是虫草之乡,花很少的钱就可以买到上好的头草。傅嫣然还想跟他说几句感激亲热的话,宋雨田却说自己很累,要休息了。

这些天,傅嫣然心情不太好,心情不好倒不是因为身体久病不愈,而是因为宋雨田最近很少跟她联络,有时候甚至一天没有信儿。宋雨田进山之前还是好好的,几乎每时每刻都能感受到这个男人的殷切关怀。进山之后,两个人整整八天没有联络。虽然,宋雨田在进山之前,用那种真诚的方式化解自己沉沦的过去。但这八天时间里,傅嫣然心里很不踏实,自己此前的作为已经突破了一个女人的底线，这对任何一个男人都是沉重打击。宋雨田为什么独独例外呢？不是说作家都有一颗脆弱的玻璃心吗，宋雨田为什么能够如此宽厚仁慈？每每思至此，傅嫣然都会被感动到哭，她在心中暗下决心：这辈子就算是跟着宋雨田受苦受穷风餐露宿，自己也认了。

受过高等教育的浸润，又受过西方文明熏陶的傅嫣然，之所以冒出传统文化中的男尊女卑意识，是因为她完全把自己定位在一个赎罪者的角度。傅嫣然觉得自己的曾经太过荒唐，她愿意用这样的方式，在宋雨田那里完成自我救赎。八天过去之后，宋雨田给她发来的第一条消息，再次让她意外惊诧：谢谢嫣然，你给我提供一个如此另类的创意！你居然把我们平淡无奇的爱情演绎成这样曲折和跌宕的故事。只要你愿意，我一定会为你创作出一个美丽的爱情神话。嫣然，我爱你！你是个天才！

傅嫣然何等聪慧，她明白，宋雨田担心自己背负内疚，想用这种半是玩笑半是认真的方式，把这件事情彻底揭过去……本来一切都很好，可就是自这条微信发来之后，宋雨田的热情也随之冷淡。究竟是什么原因，导致宋雨田转变，傅嫣然不得而知。她宽慰自己，觉得宋雨田的转变，就像事物的盛极而衰，日中则昃，月盈则亏，两个人相爱已近半年，大概是进入了激情疲劳期。而且，傅嫣然还相信，一切都会好起来的，因为她和宋雨田是彼此的灵魂伴侣。

宋雨田的身体渐渐复原。其间发了几次高烧，好在小诊所可以滥用抗生素，从外敷到口服，再到静脉输液，宋雨田浑身内外都是满满的抗生素。秃顶小老头生怕他死在自己诊所里，影响自己的医界声誉，因为诊所三十多年来从未死过人。宋雨田说，生了大病重病的人都去医院了，来小诊所的人大都是头疼脑热生疖子，你能把这样的人医死，那也挺不容易的。秃顶小老头翻了翻白眼，说宋雨田忘恩负义，不但不为自己圣手回春著书立传，还用这种话揶揄救命恩人。宋雨田长叹一声："如今我成了这副样子，就算有心为你著书立传，恐怕也无能为力了。"

秃顶小老头看宋雨田伤感，心中不忍，安慰他说："你可以找一个助手，你来口述，助手给你写成书，就像小艾帮你发微信那样。"

宋雨田苦笑一下："我睁着眼的时候，靠码字顶多养活自己。现在，眼瞎了，还要再养一个助手，谈何容易。”

秃顶小老头说：“文王拘而演《周易》，仲尼厄而作《春秋》，左丘明也是瞎了眼之后写成《国语》，你宋作家盲而著传世之作，也不是没有可能呀。”

宋雨田说：“听你谈吐，也是不俗之人，在西北这样闭塞的小镇，竟然还有你这等人物。”

秃顶小老头说：“我爹，我爷爷，还有我祖爷爷都是读书的人，祖上曾经有遗训，不为良相，便为名医。可惜，我们家的人连个芝麻官都没有做过，也就只好开诊所了。”

两个人正说着闲话，小艾走进来，说是刚刚收工，过来给宋雨田送饭。小艾从塑料袋里拿出两个盒饭，递给秃顶小老头一盒，然后打开另一盒，交到宋雨田手上。小艾说是鱼香肉丝，他已经吃过了。宋雨田问小艾今天挖了多少虫草？小艾说挖了不少，但现在挖出来的都是二草，比头草贱了一半价钱。宋雨田说，看来还是去无人区挖头草合适。小艾撇着嘴说，哪有人遭得了那份罪，白天晒死，晚上冻死，不是刮风就是下雨，喘不上气倒在其次，关键还有东北帮那些畜生。宋雨田吃完盒饭，小艾帮他把餐盒收进塑料袋，秃顶小老头接过去袋子，说是让小艾赶紧帮着宋雨田发微信。小艾拔下宋雨田正在充电的手机,看了一眼手机说:“手机该换了,充了一天电还没充满。”

宋雨田说:“不用换了,我很快就用不着手机了。”

小艾没有把宋雨田的话当回事, 他打开手机,问宋雨田:“跟傅嫣然说什么?”

宋雨田对小艾说:“先不着急, 你扶我到河边走走。”

小艾看了一眼秃顶小老头, 秃顶小老头说:“去吧,他胳膊腿又没受伤。”

宋雨田把手搭在小艾肩膀上, 两个人出了小诊所,往河边走去。不多会儿,便能听见水流的声音。自从失明之后,宋雨田的听力越来越灵敏,他觉得这是神的恩赐。正所谓,上帝每关上一扇门,亦会打开一扇窗。

小艾引领着宋雨田,在河边寻了一块能坐的土坎儿,两个人并排坐下。小艾打开微信,看到傅嫣然发来十几条微信,都是表达她对宋雨田的关切,小艾一一读给宋雨田听。读完之后, 小艾也不忘加一句评论:“这个婆娘挺好,对你很痴情,怎么回复?”

宋雨田沉默良久,说道:“嫣然,我勤奋笔耕十余年,名不见经传,都是因为我身居闹市,心不能静。这次到青海,才知道天地之广博,生命之渺小。所以,我决计留在青海，余生在此净土读书著述。相识一场是你我的缘分，如今你我缘分已了，我们就此别过。雪飞炎海变清凉，此心安处是吾乡。”

这是发给傅嫣然的最后一条微信，等小艾写完，宋雨田逐字逐句问小艾，生怕他写错字，让傅嫣然会错意。小艾有些着急，他问道：“你这是要跟傅嫣然分手吗？你怕自己眼瞎了，傅嫣然看不上你？”

宋雨田没有问答，而是问小艾：“你发了没有？”

小艾说：“没有。”

宋雨田说：“赶紧发。”

小艾说：“多好的婆娘，落到别的男人手里可惜了。”

宋雨田说：“至少不会落到一个瞎子手里。”

小艾还要说什么，宋雨田摆手制止了他，催促道：“赶紧发给她。”

小艾无奈，只好按了发送键。宋雨田问小艾要过手机来，对着水流声传来的方向，用尽全力把手机掷进河里。因为用力过猛，宋雨田一头栽倒在地上，他没有试图站起来，而是用双手狠狠地捶打着地上的碎石块，一边捶打一边发出野兽般的狂吼，直到一双手捶打得鲜血淋漓，直到狂吼变成呜咽的抽泣……

杂多的夏季很短，二草很快挖完了。较往年不同的是，来山上收虫草的客商少了，因为最近不断传来外地虫草商被打劫的消息，搞得那些收购虫草的大户不敢上山来捡便宜，只能躲在杂多县城坐等送货上门。警察也加大打击力度，但是杂多县地广人稀，上山的路也有无数，就算是所有警察全都上山执勤，还是会留下大片盲区。再加上抢劫虫草的人熟悉杂多的环境路况，甚至对警察来去的路线和时间都摸得一清二楚，采挖虫草的草客们都在背后议论，说是草客里面有歹人布下的眼线。

陕西帮人多势众，他们把今年的头草早就拿到杂多卖了，每个人都分到了钱。眼下，二草挖完了，独眼领头大哥却迟迟不肯卖货。不抓紧时间卖货，就等于赔钱。因为青藏高原上的风一天到晚不停歇，唯一的区别就是刮大风和刮小风。只要见到风，就会带走虫草的一部分水分，重量就会减少。而虫草不能堆在帐篷里不动，必须每天晾晒，以防发霉。时间稍久，陕西帮怨言四起，都不知道领头大哥葫芦里卖的什么药。有几个资格比较老的草客，找领头大哥询问，为什么还不卖二草。领头大哥说是要寻一个大客户，所有二草一枪打,这样才能把价码抬上去。一个老资格草客说,每天刮风就是刮钱,虫草分量天天减,大伙儿心疼。领头大哥听后乐了,把剩下那只眼笑成一条缝,他让大伙儿放心,说卖草那天,虫草分量只会多不会少。

第二天,领头大哥派人去山下,扛回两大袋子食盐和一个洒农药用的喷雾器。此后,天天往虫草上喷洒食盐水。领头大哥说,风只能带走水分,带不走盐分。这两袋子食盐的分量,到时候都会按虫草的价码卖出去。此后,陕西帮更加佩服他们只有一只眼睛的领头大哥,也不再有人着急把二草卖出去,因为多留一天就多一分重量。

一天,来了两位安徽客商,几句话聊完,领头大哥就能判断出二人是第一年来收虫草的雏儿。领头大哥也不欺生,给了一个公道价码,条件是一枪打。两个安徽客商嘀咕一阵儿,把总价的零头抹掉,这单大买卖就算做成了。领头大哥招呼手下,帮安徽人把虫草装进面包车。安徽人也知道这里不是久留之地,急匆匆就要开车走。领头大哥把车拦住,对主事的安徽人说:"你们就这么走,恐怕是回不了杂多。"

主事安徽人脸上微微变色,问领头大哥是什么意思?

领头大哥说:“这条道上密布贼人眼线,凡是带着大宗虫草上路的人,留人不留货,留货不留人,也有那倒霉催的,人货两空。”

主事安徽人害怕了,他对领头大哥说:“我们退货吧。”

领头大哥说:“成交的买卖就是泼出去的水,收不回去的。”

主事安徽人问:“有什么办法,让我们人货两全?”

领头大哥说:“那只能我带着兄弟们护送。”

主事安徽人说:“这个好,这个好!”

领头大哥说:“我们不是白送,你得出钱。”

主事安徽人问:“多少钱?”

领头大哥说:“一路上不出事,你付五万。有人劫道,你出三十万。有人劫道,动了刀子见了血,你付五十万。”

两个安徽人躲进车里嘀咕,觉得两百多万的货,真要是动刀子见血,花五十万也值当。主事安徽人从车里钻出来,跟领头大哥讨价,最后商定:一路上不出事,支付两万。有人劫道,支付二十万。有人劫道,动了刀子见了血,支付三十万。

后来，宋雨田听小艾说，那天晚上真的遇上劫道的了。劫道的那帮人，正是义哥带领的东北帮。按照领头大哥事先布的局，陕西帮十几个人手握大砍刀，藏进面包车。东北帮刚刚拉开面包车车门，十几把明晃晃的大砍刀便招呼出来。东北帮总共六个人，只有喷子和义哥两个人夺路逃命，其余四人全都被砍成血轱辘。两个安徽人当时就吓傻了，转眼间出了四条人命。其中一个人要打电话报警，被领头大哥一拳打趴在地上。主事安徽人哆哆嗦嗦数钱的时候，领头大哥劈手把装钱的旅行箱抢过去，对两个安徽人说："老子替你们背了四条人命。"

小艾那天晚上也藏在面包车里，他事后才知道，车里藏着的十几个人，去年全都吃了东北帮的亏，不单一分钱没有拿到，还被东北帮打个半死。据说，领头大哥那只眼睛，就是被义哥用药水烧瞎的。

两个安徽客商早就吓破了胆，开着车一溜烟跑回杂多县，当晚不敢停留，又连夜赶往玉树。陕西帮的人坐地分赃，十三个人一人分了五万，旅行箱里大概还剩下二十万左右，领头大哥全都装进自己腰包。然后，众人一起动手，寻了一处偏僻地方，把东北帮四个人的尸体草草掩埋。

十

小季接到小敏的电话是一个下午,小敏说《心房》已经通过三审,但是有一些不妥之处需要修改。小敏是出版社的编辑,长得又矮又矬又敦实,独独声音娇嫩得能把手机打酥了。小季跟小敏熟悉,小季他们公司和小敏她们出版社合作。小季经常拿小敏开玩笑,说很想娶她的嗓子为妻。小敏反唇相讥,说她的嗓子也很想嫁给小季的嘴。

小季问小敏,《心房》修改的地方多不多。小敏说不多,就是修改一些敏感词。小季说,《心房》又不是《乳房》,哪里来的敏感词?小敏用她娇滴滴的嫩声解释说:“写者无心,读者有意,万一被哪些别有用心的人利用了,那就会引来大麻烦,不光是作者,还有我们出版社。”

小季笑着说：“这本书真的会有读者吗？”

小敏说：“没准，因为《心房》这类科幻加玄幻的题材很少有，比较适合年轻读者的口味……”

小季很是兴奋，他挂断小敏的电话，就给宋雨田打电话，他想告诉这个爬格子的苦行僧：你终于有自己独立署名的作品了。小季还有另一个兴奋点，那就是宋雨田借自己的两万块钱，终于有着落了。可是，宋雨田的手机始终处于关机状态。小季连续拨打一周后，宋雨田手机的提示音改成“欠费停机”了。小季隐约觉得宋雨田可能出事了，或者是遇到什么麻烦了。但是，他不想耽误宋雨田这次独立署名出版的机会，也不想让自己的两万块钱打水漂。小季亲自操刀，给宋雨田修改《心房》里面的敏感词。仅仅改动几个敏感词，又不是伤筋动骨修改故事主线，这对于攒快书出身的小季来说，根本不是难事。小季还暗自庆幸，多亏让宋雨田事先给了自己授权。虽说宋雨田没有亲自签名，但这事儿毕竟打过招呼，宋雨田也欣然同意。于是，小季花了两天时间，按照出版社的修改意见，把书中敏感的地方都改成不敏感的措辞。而后，亲自起草一份授权书，并找出来宋雨田给他的两万块钱借据，模仿他的签名，自己给自己签署了一份授权书。

小季把书稿和授权书一并交给小敏，并代表宋雨田与出版社签订出版合同。而且，他还为宋雨田争取了一个不错的稿酬价码，偿还自己那两万块钱绰绰有余。

半个月后，《心房》上市，恰好赶上影视界猎新猎奇猎玄幻猎科幻的 IP 热潮，几家公司同时相中《心房》。出版社嗅出其中商机，不断加大对《心房》的宣传力度，甚至不惜血本在几家卖书网站砸钱打榜，还雇用枪手写书评。短短两周时间，出版社便加印了《心房》的第二版。几家影视公司通过出版社找到小季，小季却找不到《心房》作者田与然，宋雨田的手机已经欠费停机将近两个月。小季觉得不能再拖了，他去派出所报案，说宋雨田失踪了。

听说《心房》的作者失踪了，小敏脸上的赘肉激动得颤抖起来，她觉得自己运气太好了，竟然抓到这样一部书稿。和小敏一样兴奋的是出版社和那几家影视公司，畅销书作者失踪，似乎比作品本身更具玄幻色彩。出版社发动媒体炒作，甚至有记者跑到宋雨田老家，去采访他的父母。听说儿子失踪，宋父宋母慌了神，压根就再也听不进去《心房》如何大卖，老两口哭成一双泪人。宋雨田的母亲一边掉泪一边哭诉："我的儿呀，我那倔驴的儿呀，早就嘱咐你，不要写书，咱们一个吃粗粮、拉黄屎的凡人，哪里能憋出书来呀……"

几家电视台的摄像记者走出宋家，竞相回放录像，炫耀自己拍摄到的悲苦画面。某网络摄像记者拍摄到的画面，被公推为最好，因为别人只拍摄到眼泪，独独他抓拍到了宋母的大鼻涕。

傅嫣然服用了真虫草配的中药，身体渐渐复原，苍白的脸庞显现出健康的红晕。身上稍微有了些气力，傅嫣然就想去青海，她不相信最后一条微信是宋雨田发来的。即便真的是宋雨田发给她的，她也要当面向宋雨田问个清楚，问他凭什么虐待一份真诚的爱情。傅嫣然有时候也在想，宋雨田是不是嫌她曾经那段沉沦的经历，如果是那样，他完全可以直说，没有必要拐这么大的弯儿。根据自己对宋雨田的了解，他似乎是一个不太会拐弯抹角表达自己想法的人……总之，傅嫣然想要找到宋雨田，当面把自己的疑问解开。再说了，她和宋雨田从未看见过彼此的脸，这也是让傅嫣然纠结放不下的情结。

无论傅嫣然强调什么借口,妈妈都不同意她此刻离开家。最后,是爸爸出来协调,让傅嫣然多服用一个疗程中药,再去北京。傅嫣然没敢说自己要去青海,她对爸爸妈妈说要去北京工作。眼看第二个疗程中药快要吃完, 傅嫣然觉得自己真的有必要先去一趟北京。一是看看宋雨田是不是已经回了北京,二是从宋雨田朋友那里打听一下宋雨田在青海的落脚点。就在傅嫣然要离开家的前一天,她在朋友圈里看到一个"畅销书作家神秘失踪,大 IP 待价而沽"的帖子。待她看完帖子全部内容,才发现失踪者居然就是自己日思夜想的宋雨田。只是《心房》用了"田与然"的笔名,傅嫣然知道,"田与然"就是指宋雨田和傅嫣然。傅嫣然没有耐性再服完最后一剂汤药,便飞去了北京。在登机之前,她在机场的书店里买了一本《心房》。

走出机场,傅嫣然不知道自己该去哪里。她只知道宋雨田租住一间耳房,大概位置在北五环边上。可是,北五环边上应该有成千上万间这样的耳房吧。再说了,宋雨田肯定不在耳房,如果在,他的朋友肯定早就找到他了。傅嫣然忽然想到《心房》,她从包里掏出书查看是哪家出版社,然后叫了一辆出租车,直奔出版社。

小敏接待了傅嫣然，她在相貌出众的傅嫣然面前，稍微有些不自在，心中暗自感慨：造物主真他妈的不公平！

几句话说完，小敏就能约莫出傅嫣然和宋雨田的关系。小敏脸上的赘肉又开始跳舞，她找到了第二轮热炒《心房》的点。小敏问傅嫣然可不可以接受媒体采访。傅嫣然很是警觉，立刻戴上墨镜，很干脆地拒绝了小敏的要求。小敏说，你站出来找田与然，或许他才会有回应。傅嫣然思量再三，还是没有答应，她从小敏那里要了小季的电话，便匆匆离开出版社。

小季听宋雨田说过傅嫣然，知道两个人是通过TT认识的，而TT就是自己介绍给宋雨田的。等到与傅嫣然见面后，小季身上的汗毛孔全都张开了，差点喝彩出来：TT上面竟然真有颜如玉。

见到漂亮女人，男人的肾上腺素就不由自己控制，小季的话又多又密，说自己是宋雨田挚友、知己、铁磁，就差说成是一母同胞了。小季还以媒人自居，说是自己把TT推荐给宋雨田的。傅嫣然问到宋雨田的住处，小季便打车带着傅嫣然去了一趟耳房。小季有耳房的钥匙，他打开那间寒酸的耳房，傅嫣然看着房间里简陋的陈设,差点掉下眼泪来。小季说,老宋这个人不太注重物质,他追求的是精神上的富足。小季接着说:“在这一点上,我比雨田强得多,我属于物质文明和精神文明两手抓的人。”

傅嫣然无暇顾及小季的肾上腺素,问他宋雨田最有可能在青海哪里落脚。关于宋雨田在青海的信息,小季知道的还不如傅嫣然多,为了能跟傅嫣然多处一会儿, 他只能天马行空胡乱猜测:“雨田行事异于常人,没准此刻正在哪座寺庙里,孤灯佛影,潜心著述。你想,他能写出《心房》这样的天才之作,就注定不是一个俗人。不俗之人肯定不会在寻常处落脚,我觉得他现在要么在寺庙里,要么就在昆仑山上的某个洞穴里。”

傅嫣然打断小季的话:“雨田是个作家,不是修炼绝世武功的。”

小季说:“是是是,他那点身子骨,估计在昆仑山上也撑不过三天。我想,还有一种可能,他没准在青海遇上了一位漂亮姑娘,就此跟着云游四海,咱们哪里去找?你知道的,作家的感情泛滥,情满自溢,到了临界点,哪怕是遇见一头野驴,也会情不自禁的。”

傅嫣然问小季:“派出所那边有什么消息?”

小季说:“你算是问着了，我今天刚好要去派出所,打听一下雨田的消息。”

派出所已经把宋雨田列入失踪人口信息平台,民警给傅嫣然做了详细笔录,包括宋雨田最后发给傅嫣然的那条微信,也被民警录入。随后,警察拿出一张宋雨田最后一个月的手机通话记录,里面仅有几个电话号码,其中包括傅嫣然和小季的手机号。警察指着另外一个手机号说:“这个人叫方鹤鸣,是宋雨田的大学同学,他一会儿也要来做笔录,你们见一下,看看能不能碰出什么新线索。”

警察话音未落,方鹤鸣走进派出所,他一脸不耐烦的神情,对接待他的警察抱怨说自己很忙,还说他跟宋雨田虽然是同学,但是这些年疏于交往,宋雨田给他打电话是询问虫草的事儿。方鹤鸣的笔录做得很快,恐怕是警察也忍受不了他的抱怨和絮叨。等到警察把傅嫣然和小季介绍给他的时候,方鹤鸣脸上的抱怨神情一扫而光。傅嫣然穿着一袭紧身黑色长裙,纤细的身材毕露无遗。身材本就惹眼,偏偏还生就一副姣好的脸庞,只是眉头紧蹙,又多出几分楚楚可怜。此刻,傅嫣然那张略显忧郁神色的脸,在方鹤鸣眼里竟如一个受伤的天使，让人爱怜让人疼。

傅嫣然问方鹤鸣，宋雨田最后一次跟他通电话说了什么。方鹤鸣把那通简短的电话，演绎出好几个枝枝杈杈，例如说两个人在电话里畅叙同窗之谊、共话校园爱情，还相约一起喝酒聚会……傅嫣然问，宋雨田去青海到底是去买虫草，还是挖虫草。方鹤鸣说不清楚，宋雨田只是询问去哪里可以搞到真虫草。小季插嘴，说宋雨田应该是去青海买虫草，因为临走的时候问自己借走了两万块钱。方鹤鸣斜睨一眼小季，问道："你这个时候说宋雨田欠你两万块钱，是什么意思？是怕宋雨田失踪了不还你钱吗？"

小季说："我不是那个意思，大家这不是在探讨老宋去青海的动机吗。"

方鹤鸣从随身的皮包里掏出两捆没有开封的百元大钞，重重地放在小季手里："这是替我同学还你的钱，不就两万块钱吗，真是的。"

小季把两沓钱扔在桌子上："冤有头，债有主，还钱轮不到你还。"

方鹤鸣说："你要是没有催债的意思，就不要老提那两万块钱的事。"

小季说："我这是第一次提。"

傅嫣然从包里拿出一小袋虫草，对两个人说："拜托你们不要争了，我们找人要紧，这是雨田快递给我的虫草，你们看看。"

方鹤鸣拿出两根虫草，仔细看着、嗅着，最后掰断一根看横截面，还用舌头舔了舔，他说："这是高原头草，只有杂多和那曲才会有这样的上乘货色。"

傅嫣然问方鹤鸣："这样的虫草是不是很贵？"

方鹤鸣掂量一下小塑料袋里的虫草："这么一点，就得值一两万。"

傅嫣然点点头："雨田给我快递的虫草，至少价值一百万，如果他只带两万块钱去了玉树，那这些虫草肯定是他亲自采挖的。"

方鹤鸣说："拉倒吧，这种头草生长在海拔四千米以上的无人区，而且挖头草的季节不是狂风就是暴雨，白天还有高强度的紫外线，当地人都受不了，他宋雨田那点身子骨……"

傅嫣然听到这里突然哭泣起来，吓得方鹤鸣赶紧收住舌头，问她怎么了。傅嫣然哽咽着说："我就是担心他上山挖虫草出了事……"

宋雨田的伤口全部愈合，他已经能够依靠盲杖四处走动了。盲杖是小艾临走时买来送他的，碳纤维材质，还能够伸拉收缩的那种高级盲杖。小艾不光是送了盲杖，还给宋雨田留下一万块钱。宋雨田说什么都不肯收钱，小艾最后偷偷把一万块钱塞进宋雨田的背包里。

小艾这次赚了不少钱，卖宋雨田的头草，领头大哥给了他一万块钱封口费。卖二草的时候，小艾分了三万多块钱。砍杀义哥那天晚上，小艾又分了五万块钱。小艾给宋雨田留下一万块钱，也算是卖宋雨田头草所得，他不想占宋雨田的便宜。小艾还把那块瑞士手表还给了宋雨田，手表是临散伙那天晚上，他问领头大哥要回来的。小艾对领头大哥说，宋作家好生生地变成一个瞎子，身上一分钱都没有，那块手表就给他留下做个过河钱吧。领头大哥不仅报了一目之仇，而且还狠捞了一笔，也就不在乎一块破手表了。他摘下手表，递给小艾："你个碎娃讲义气，老子看好你。"

小艾是一个多月前离开的青海，他没有随着陕西帮一哄而散，而是特意留下来，多陪了宋雨田一周。小艾问宋雨田要去哪里？小艾还说，如果宋雨田想回北京，他会把他送到北京。宋雨田一时真的不知道自己该去哪里。回北京，生活成本高。回老家，让年迈的双亲徒增悲伤。天下如此之大,竟然没有我宋雨田安身立命之处……宋雨田思来想去,纠结了一晚上。第二天,宋雨田让小艾把他带到玉树,说他以后就在玉树落户生根了。小艾问宋雨田,为什么选择玉树?宋雨田说:“其实,对于一个瞎子来说,哪儿都一样。”

小艾问:“那你为什么不待在杂多?”

宋雨田说:“每年夏天,到杂多挖虫草的外地人太多,这些人大都身上带着戾气,我要远离这些暴戾之人,所以要走得稍微远一点,就玉树吧。”

从玉树的长途汽车站走出来,宋雨田就催着小艾上路。小艾说要帮他找个旅馆,宋雨田说他以后的日子还长着呢,总不能一辈子都住旅馆吧。说完,宋雨田甩开小艾的手,探着盲杖自顾自走开了,头也没有回一下。

《心房》第五版已经开印,出版社前前后后给宋雨田支付了一百七十五万元的稿酬,全部入了小季的账户,因为宋雨田授予他全权委托。小季也尽心竭力为《心房》争取利益最大化,按照行业规矩,代理人一般可以拿到收益的百分之二十。当初,宋雨田和小季以为《心房》能够正式出版就不错了,谁都没敢奢望会这样火爆，所以在授权书上虽然没有明确利益分配，但是小季心里清楚，宋雨田宅心仁厚，不是见利忘义之徒，他肯定不会赖账。

所有读书网站都给《心房》开辟了专栏，评分大都在九分以上。无论是自媒体，还是公共媒体，掀起一股《心房》热。经过连续几轮炒作发酵，那几家对《心房》感兴趣的影视公司，早就按捺不住了，不停地催促小季报价。小季粗粗了解一下大IP版权的市场行情，咬着牙闭着眼跟几家影视公司喊出六百万的报价。几家公司都说价格有点高，但是没有一家公司退缩。小季心里更加有底了:《心房》的市场价值绝不止六百万。因此，小季更加不着急，耐心等着《心房》在市场上赢得更好口碑。

小敏也代表出版社找小季，说是准备跟作者田与然签约出版《心房》第二部。小季能够代表宋雨田经纪《心房》版权，却无法帮助他撰写续集。年前，宋雨田还是一个猫在耳房里攒快书的书匠，每个月都会为房租发愁的无名之辈。年后，他居然成了一部畅销书的知名作家，账户上趴着高达七位数的稿酬，可是却找不见人去了哪里。小季无比感慨造化弄人。

最近几天风向翻转，网络上开始有人怀疑是《心房》的作者炒作，故意玩失踪。大家分析得很有道理，在这个信息铺天盖地，网络遍布世界各个角落的时代，怎么会有一个大活人突然消失呢？还有网友质疑，既然作者消失了，出版社如何给他支付稿酬？小季迫不得已，在网络上公开了授权书。网友接着又怀疑小季有没有挥霍贪污稿酬，小季无奈，只好又在网上公开宋雨田的稿酬账目。小季觉得总这样被动不行，于是，他主动在网络上巨额悬赏，寻找《心房》作者田与然。

傅嫣然做了一个决定：她要去青海找宋雨田。

傅嫣然按照宋雨田在微信里告诉自己的行程，做了一个路线规划：北京—玉树—杂多。方鹤鸣闻听，立刻表示要与傅嫣然同行，前往青海寻找同窗宋雨田。傅嫣然数次婉拒，说方鹤鸣打理生意繁忙，不愿意耽误他的时间。方鹤鸣拍着胸脯，慷慨激昂地说：“宋雨田是你的恋人，他也是我的同窗挚友，你为他牵挂，我也同样为他担心。再说了，青海荒凉之地，你一个柔弱女孩只身一人前往也不安全，我就算是替宋雨田做一回护花使者吧。”

傅嫣然说自己曾经是全国跆拳道冠军，不需要护花使者。方鹤鸣说江湖险恶，光有一副好身手，是赢不了江湖的。傅嫣然推辞不过，也只好同意方鹤鸣同往青海。

方鹤鸣让秘书小美提前预订了玉树最好的酒店，他和傅嫣然各住一间。虽说是最好的酒店，软硬件都无法跟大城市的酒店相比，白色浴巾和卧具都有些微微泛黄，房间里甚至不提供瓶装水。傅嫣然刚刚放下行李，就听到敲门声，方鹤鸣气喘吁吁地拎着一大桶纯净水进来，说是刚从超市买的。放下纯净水，方鹤鸣就拿着开水壶烧水。等水烧开后，把水壶里的开水倒进水杯、刷牙杯，冲烫一遍。方鹤鸣一边洗杯子，一边解释说："酒店里的杯具都浸泡过消毒液，而且冲洗不干净，所以必须用开水烫一遍。还有烧水壶，遇到一些变态的客人，他们走的时候会往水壶里撒尿……"

傅嫣然没想到五大三粗的方鹤鸣，竟然如此细心，这些事情就连女人也不一定想得到。傅嫣然想起酒店是方鹤鸣网上预订的，就要还钱给他，方鹤鸣无论如何都不肯要，说等找到宋雨田后，一并跟他算总账。傅嫣然由衷地感激方鹤鸣，人家放下那么大的生意，跟着自己跑到青海来找人，不光搭上时间搭上人，还要搭上钱。傅嫣然有些感动，她觉得方鹤鸣是一个重情重义的大男人。

晚上,方鹤鸣又敲开傅嫣然的房门,说是要带着傅嫣然出去吃晚饭,尝尝西北特色的青稞酒和牦牛肉。傅嫣然本来没有食欲,但是不忍心驳了方鹤鸣的热情,便随他上了街。

玉树是一座很小的县级城市,总共才有八万人口,市区只有两条主要街道,夜晚降临时,街道上人烟稀少。方鹤鸣和傅嫣然一路打听哪里有好吃的餐馆,最后在结古大道上,找到一家叫西北风情的餐馆,远远看上去不仅门面装修气派,门口的客人也络绎不绝。吃饭扎堆,藏族人也不例外,西北风情餐馆周围几家餐馆的生意也不错。就连门口的烤羊肉串摊,也有几位汉族小伙子,抡开膀子撸串喝啤酒。方鹤鸣和傅嫣然一路走过来,方鹤鸣头一天晚上在网上做了很多功课,给傅嫣然介绍玉树的风土人情。傅嫣然听得很认真,她对方鹤鸣说:“雨田多次提到过,说青海地广人稀,山高水长,是一个非常适合创作的地方……喜欢这里,可以每年都来嘛,为什么非要留在这里呢?”

烤羊肉串摊最边上坐着一个衣衫褴褛的盲人,他戴着一副很大的墨镜,脚下伏着一只小狗,紧紧依偎在他的身边。这个盲人突然听到傅嫣然的声音,不由得浑身一震，他急忙站起身来，慌乱地抓起身边的盲杖，往前面伸过去，似乎是要着急离开。盲人的盲杖恰好伸到方鹤鸣脚下，差点绊了他一个趔趄，气得方鹤鸣叫嚷起来：“你这人有病啊！”

这个盲人正是宋雨田，他急忙收回盲杖，缓缓地把头垂下，不做任何辩解。傅嫣然拉了方鹤鸣一把，对他说：“算了，他看不见。”

方鹤鸣突然发现这个盲人有点眼熟，模样和轮廓很像宋雨田，待他看到盲人手腕上的戴的那块瑞士手表时，不由得心中一惊：因为他很熟悉这块手表。这块瑞士老表不仅方鹤鸣熟悉，他们同一个宿舍的男生都熟悉，谁出去约会都会借宋雨田的这块手表，然后秀给女生看瑞士老手表，再讲一个关于这块老手表的故事……方鹤鸣确定眼前这个瞎子，就是他们前来寻找的宋雨田。当他看到宋雨田把头垂下，便知道他不想跟自己和傅嫣然相认。方鹤鸣急忙把自己挡在傅嫣然和宋雨田中间，转身对着傅嫣然说：“没事，我怎么会跟一个瞎子计较呢，走吧，咱们进去吃东西。”

傅嫣然似乎也有一点异样感觉，她想歪过头去看宋雨田时，已经被方鹤鸣揽住肩膀，携着她走进西北风情。

宋雨田长长地舒了一口气,他半弯下腰,伸手摸到自己刚才坐的马扎,一屁股坐下去,然后像一尊雕塑一样,动也不动地呆坐在那里,任凭两行泪水从墨镜后面流出来。

傅嫣然和方鹤鸣在玉树一路探访，到了杂多县，甚至到了采挖虫草的山脚,还进了专门为挖虫草的外乡人开办的诊所。方鹤鸣告诉过傅嫣然,说是跟当地人说话要注意分寸。傅嫣然问方鹤鸣,要把握什么样的分寸。方鹤鸣具体也说不清楚,他让傅嫣然不用操心,凡事由他出面就可以了。去小诊所的时候,方鹤鸣让傅嫣然在外面稍等,他单独跟秃顶小老头攀谈一会儿。出来时,方鹤鸣对傅嫣然说:“他们的确知道有一个北京来的作家,单独跑到那曲那边的无人区挖过虫草,后来就不知道他去了哪里。”

傅嫣然本来还想在杂多多留几天,看看能否打探到更多关于宋雨田的消息。方鹤鸣劝她暂回北京,看看网络悬赏会不会有什么消息,因为在这个自媒体集中爆发的时代,想找到一个人也不是太难的事。傅嫣然说她也是这么想的，如此兴师动众还找不到宋雨田,只能说明是他故意躲起来,不想见人。方鹤鸣觉得傅嫣然说得有道理:“爱一个人,最好的证明,就是陪在她身边。这样不声不响地躲起来,算是哪门子爱?我真的怀疑，雨田这小子是不是遇见了什么心仪的姑娘,乐得去过隐居生活了,作家嘛,都不太靠谱,没准哪根筋不对了,就会玩失踪。”

离开北京将近十天时间，方鹤鸣每天电话不断，全是公司生意上的事情,原来公司正在运作新三板上市。傅嫣然劝方鹤鸣先回北京,料理公司里的业务。方鹤鸣很干脆地回绝,说傅嫣然不回北京,他也不回去。傅嫣然觉得自己不能再任性下去,便随着方鹤鸣回到北京。

傅嫣然觉得方鹤鸣说的话有道理：爱一个人,最好的证明,就是陪在她身边。宋雨田躲藏起来,唯一能够证明的,就是他不够爱自己。也许……也许,是宋雨田不喜欢自己曾经的那段经历,作家大多属于完美主义者,他不能够容忍自己的妻子曾经被包养、曾经是一个瘾君子。

傅嫣然和方鹤鸣到达北京的时候，天色已经黑了。前来接机的秘书小美,直接开车把两个人送到香格里拉酒店。方鹤鸣没有回家,他提前叮嘱秘书小美,在香格里拉酒店紧挨着开了两间房。方鹤鸣邀请傅嫣然到酒店西餐厅,说是要好好吃一顿像样的饭。傅嫣然情绪跌落到低谷,她婉拒了方鹤鸣的邀请,独自一个人坐床上发呆。方鹤鸣也没有坚持,而是点了一份澳洲西冷牛排、一份时蔬沙拉、一盅西班牙番茄冷汤、一份煎火腿起司三明治,另外还点了一瓶法国的勃艮第红酒,让服务生送进傅嫣然的房间。傅嫣然没有心思吃东西,她一直心事重重的。

十一

宋雨田在玉树的一座桥洞里安了家，在他到来之前，已经有七八个流浪汉盘踞在桥洞中。因为宋雨田来得晚，他只能睡在桥洞最外侧。在桥洞里面睡了三天之后，宋雨田决定不能住在这里。不能住在这里，倒不是那些流浪汉赶他走，是因为他看不见东西之后，耳朵越来越有灵性了，通天河每天晚上哗哗滚动的河水，吵得他无法入睡。还有，那些流浪汉每天都要对着通天河撒尿。

宋雨田坐在一处热闹的街头歇息，周围全是杂乱的脚步和说话的声音。有一个小姑娘经过他的身旁时，"哇"的一声哭喊起来，小姑娘的妈妈看了宋雨田一眼："你个瞎子瞎得骇人，也不知道戴个墨镜。"

宋雨田这才想起来，自己今天早晨出门忘了戴墨镜。墨镜也是小艾给他买的，小艾特意给他挑了一副又宽又大的墨镜，说这样看上去更像个盲人。宋雨田伸手在背包里摸索着找墨镜，突然摸到一捆钱，他知道，肯定是小艾偷偷塞进自己背包里的。宋雨田心里好生奇怪，觉得钱的确有一种特殊的手感，即便是自己眼睛看不见，摸到钱的时候，第一判断就知道是钱。宋雨田从那捆钱里面悄悄抽出一张，小心翼翼揣在口袋里，然后寻着烤肉串的香味儿，探着盲杖走去。他在一个烤肉串的地摊上要了十个大肉串，还要了两个烤羊腰子和一个烤馍馍。旁边一个男人灌下一大口青稞酒，冲着宋雨田骂道："我一个挣工资的才要五个肉串，讨钱要饭的臭瞎子一点就点十个肉串，外带俩腰子，真他妈气人！"

宋雨田说："咱俩换一换吧，我宁可这辈子都不吃肉串。"

男人说："哟。你个臭瞎子，嘴巴还挺硬。"

宋雨田说："我是瞎子，但是不臭。你倒是不瞎，但是满嘴都是屁味儿。"

那个男人"噌"地一下站起身来，冲着宋雨田走过来。烤肉串的老板手持一把剔骨刀，指着那个男人说：

"三儿，你真是越来越有出息了，学会欺负一个瞎子了，我告诉你，谁敢在我的摊上动手，我就把谁剐了，串肉串卖！"

那个叫三儿的男人嘴里咕噜了一句，退回到座位上坐下，谁也没有听明白他说了些什么。宋雨田冲着老板传来声音的方向拱手抱拳："多谢这位仁兄仗义执言！"

老板说："别客气，坐到我摊上的人，都是我的客。"

宋雨田不仅失去了爱情，还失去了眼睛，这对于一个有梦想的作家来说，是残忍的。潜伏在他灵魂深处的抑郁，重新跳了出来，主宰了整个人。自从小艾离去之后，宋雨田极少开口说话，他对所有人都心存戒备，甚至是憎恶。虽说眼睛看不见了，但他再也不忧虑、不惧怕什么了。人生除死无大事，宋雨田觉得自己的生命已经在他把手机扔进黄河的那一刻死去了，死去的生命还怕什么。

吃到一半的时候，宋雨田突然觉得腿边有个东西蹭来蹭去，他伸手一摸，发现是一只小狗。宋雨田禁不住笑起来，这是自他眼睛瞎了之后，第一次笑。宋雨田喂了小狗一串肉串和一个羊腰子，小狗吃得很欢实，最后连宋雨田的手都舔舐得干干净净。宋雨田吃完了，付完账，起身要走的时候，那只小狗紧紧跟随着他。宋雨田感叹道："都说狗眼看人低，你这个四条腿的小畜生，倒是不嫌弃我是个瞎子，比起某些两条腿的人，素质高多了。"

自此，玉树的街头多了一人一狗，人与狗同吃同住同行，形影不离。

宋雨田租住了一间平房，跟他在北京的耳房相似，四百块钱一个月，一人一狗得以安身之所。宋雨田给他的狗取了一个名字，叫小然。小然颇通人性，他知道主人是个盲人，就尽量用肢体和吠叫跟宋雨田沟通。例如，宋雨田每次喊"小然"，小然就会低吼一声，立刻跑到主人的身边，蹭他的腿。小然有可能是藏獒和狼狗的杂交，体态越长越大，也就意味着越来吃得越多，每顿饭几乎比主人吃得还要多。好在小然不挑食，宋雨田吃什么，小然跟着吃什么。天气渐渐冷了，虽说才是九月份，但是青藏高原已经开始飘雪了。天气转凉之后，宋雨田就让小然上木板床，一人一狗睡到了一起。耳房门缝上的泥子风干脱落后，每天夜里不仅往屋里灌风，而且还吹得门缝呜呜作响。第二天，宋雨田从街上捡回来一沓报纸，把报纸搓成绳条状，塞进门缝里面。其中一张报纸上,刊登着宋雨田一张生活照,报纸标题是《〈心房〉作者田与然神秘失踪,亲友巨额悬赏寻人》。

宋雨田每天早晨起来，都会将自己洗漱干净,穿戴整齐,然后带着小然出门。玉树的消费水准低,小艾给他留下的一万块钱还没有花完。宋雨田心里已经打算过,如果将来把钱花完了,也不排除会上街乞讨度日。宋雨田觉得,就算是上街乞讨,他也要把自己打理整齐，不要像其他乞丐那样浑身上下臭烘烘的惹人厌。他在心里劝慰过自己无数回:上天饿不死瞎麻雀,我不是好吃懒做,既然上天让我瞎了眼,乞讨就是我命中该有的劫数。

宋雨田每天穿戴整齐后,会带着小然上山,到结古寺坐上一天。结古寺位于结古镇东面的结古山上,重修于明朝洪武年间，前后有三位活佛在此修行,出过很多名僧高徒。其中最著名的第一世活佛嘉那,晚年曾定居于此。这里最著名的还有一座世间第一大嘛呢堆。所谓的嘛呢堆,是由刻有“唵嘛呢叭咪吽”六字真言的嘛呢石垒成,两百多年以来,总共垒积了两亿六千万块嘛呢石。六字真言由梵文刻成,宋雨田每天用手触摸着这些梵文上山,在结古寺的讲经院或大昭殿坐一天，听修行的僧人讲经辩经，中午和结古寺里的僧人一起吃饭，晚上再摸着六字真言的嘛呢石墙下山。

宋雨田虽然听不懂梵文，但是他喜欢寺院里焚燃的梵香味儿，让他觉得心安。熟识之后，寺院的僧人经常跟他聊天，被问及眼睛是怎么瞎的，他会说是上山挖虫草被歹人所伤。但是僧人问他此前的职业，宋雨田却再也不说自己曾经是个作家了。一是因为自己从来没有像样的作品问世，二是因为他再也不想，也不能写作了。

这天晚上下得山来，宋雨田听见路边有一些人痛哭悲泣，原来是一家汉族人的老人过世。闻听哭声，忽然间，宋雨田觉得该给父母打个电话了。之所以这么久没有给家里打电话，是因为以前他也是很久才给家里打一次电话。宋雨田总觉得跟自己的父母没有话说，除了简短的问候之外，就只剩下沉默和尴尬。所以，宋雨田极少跟父母通电话，更别说像其他孩子那样跟父母去煲电话粥。宋雨田父母的性格也属于内向的，每次通电话能说出口的也就是那几句：吃了吗？身体有没有生病？天冷了多穿衣服……

宋雨田拨通家里的电话，是母亲接的，她听见儿子的声音，一句话都讲不出来，便呜呜地哭起来。宋雨田吓了一跳，忙问母亲出了什么事？母亲哭得说不出话来，到底还是父亲接过去电话，问他在哪里，说很多人都在找他。父亲絮絮叨叨说了很久，宋雨田才明白《心房》出版了，而且火了。

一时间，宋雨田竟有些不知所措，这半年来清心伴佛，就指望着能心如止水，接受自己成为一个瞎子的现实。他做了很坏的打算，余生乞讨为生，自己已经不是作家了，也无须顾忌文人的骄傲，去他妈的，吃饱饭的文人才能顾得上清高。他甚至做了更坏的打算，等到将死之日，就爬上那曲的无人区，也就是自己曾经挖虫草的地方，死后喂鹰喂隼喂秃鹫。

可谁知道《心房》居然被读者接纳了，据说还卖得很火。此刻，宋雨田很想给小季打个电话，问问具体情况。可他只记得住父母家里的电话，还有傅嫣然的手机号。傅嫣然现在怎么样了呢？她肯定会伤心的，但是半年时间已过，她应该从伤心中走出来了吧。

傅嫣然确实不像半年前那么难过了，这要归功于方鹤鸣。从青海回到北京后，傅嫣然没有回宁波，她暂时留在北京，等待媒体悬赏和网络“人肉”宋雨田的消息。傅嫣然谢词了方鹤鸣给她订的香格里拉酒店，在北四环附近租了一个小型公寓。时间一天天过去，宋雨田还是音信皆无。其间，方鹤鸣几乎天天都会邀请她，喝茶、吃饭、看电影、看话剧、听音乐会、看展览会、逛故宫、逛颐和园、登金山岭长城、登八达岭长城、登居庸关长城、登司马台长城，去雍和宫烧香、去八大处烧香、去潭柘寺烧香。总之，每天都有新鲜内容，才让无望等待的日子不那么太煎熬。傅嫣然觉得硬生生地等，不是长久之计，她想在北京找一份工作。听说她四处投递简历，方鹤鸣乐了，说他们公司上市在即，正求贤若渴。傅嫣然说自己没有国内工作的经验，算不上人才。方鹤鸣说："你在法国的工作经验就是你的价值所在，我们公司正准备拓展欧洲的中药材市场，你能屈尊到我们公司，我对欧洲的市场就更有信心了。"

两个人相处日久，平时聊天话题从泛泛的客气已经触及生活的方方面面，也包括傅嫣然的法国生活经历。当然，傅嫣然只说了她跟金发螺栓的爱情和终结，然后就是在巴黎工人工会工作，中间略去了她和老侯、老陈那些不堪之事。傅嫣然不是要欺骗方鹤鸣，只是觉得与方鹤鸣泛泛之交，没有必要无端晒自己的糗事。看到傅嫣然还在犹豫，方鹤鸣说："大家在一起工作便于交流，万一有了宋雨田的消息，也能及时互通有无。”

于是，傅嫣然进入了方鹤鸣的公司，任职海外部总监，年薪六十万。自此，方鹤鸣与傅嫣然的接触密度更加频繁，工作日要在一起开会、出差，休息日也会一同约餐、出游。杳无音信的宋雨田似乎从这个地球上消失了一样，抑或是这个世界上从来就没有出现过宋雨田这个人。虽是如此，傅嫣然心里却从没有轻松过，虽说工作分散了她的注意力，但是只要有空闲的时候，她就会想起宋雨田。只要想起宋雨田，她的情绪就会瞬间低落下来。其间，傅嫣然约过两次小季。小季觉得宋雨田很有可能遭遇了爱情，要不没有理由躲起来。傅嫣然不相信小季的推断，她觉得宋雨田性格倔强执着，是一个不会轻易做出改变的男人。第二次见到小季，小季说《心房》的热度在持续发酵，但宋雨田还是悄无声息。这回，小季的结论是：宋雨田有可能出现意外了。因为，一个三流作家，自己的作品一夜之间被读者和市场接纳，他没有任何理由躲起来。

傅嫣然前后跑了好几趟派出所，警察说宋雨田的信息一直都挂在公安系统失踪人口的平台上，如果各地公安系统有宋雨田的信息，肯定会在互联网上同时显示出来。傅嫣然让警察帮她分析一下，宋雨田到底出了什么状况？警察说他们只会以事实为依据，不做无妄的猜测。那个警察最后赘了一句："失踪人口会出现各种可能性。"

傅嫣然绝望地走出派出所，方鹤鸣亲自开着奔驰G500在门口候着。他看出傅嫣然脸上的绝望，说要带她去一个意想不到的地方看看。傅嫣然坐在副驾驶座位上，突然间鼻子一酸抽泣起来，因为她觉得自己很委屈。方鹤鸣把两张纸巾递进傅嫣然手里，傅嫣然把纸巾敷在眼睛上，也不问他去哪里，任由方鹤鸣开着车子走。

自从确认宋雨田失踪以来，傅嫣然的精神始终处于紧绷的状态，生怕哪一天会传来自己意想不到的坏消息。今天，一直紧绷的那根弦到了疲惫的临界点，她坐在车子里居然睡着了。直到方鹤鸣刹住车，傅嫣然才醒过来，发现已经身处山顶。四周山峦叠翠，十三陵水库就在脚下。天空一碧如洗，四五个彩色滑翔伞在空中盘旋飞行，煞是好看。方鹤鸣指着空中的滑翔伞，问傅嫣然："你想不想试一试？"

傅嫣然点点头："可以。"

山顶上比较平坦，一家滑翔伞俱乐部正在试飞新伞，大家嬉笑赞叹，兴致颇高。滑翔伞俱乐部的教练跟方鹤鸣很熟，跑过来热情打招呼，方鹤鸣把傅嫣然介绍给教练。不到半个小时，方鹤鸣和傅嫣然在山顶临时搭建的篷布围挡里面，换了一身飞行服。教练帮忙，把方鹤鸣和傅嫣然固定在双人滑翔伞的伞包上。傅嫣然开始紧张，她问方鹤鸣，能行吗？方鹤鸣让她放心，说自己成功飞翔已经超过六百个小时。傅嫣然虽然也是运动员出身，而且有很好的运动基础，但是跆拳道毕竟是在地面上的运动，而滑翔伞却是在空中，根本不是她能驾驭的领域。此刻，傅嫣然手心里全是汗水，方鹤鸣让她听从自己的口令，在脑子里重复助跑动作。傅嫣然知道自己此刻只能服从，才能保证滑翔的安全系数。她听到教练发号施令，然后跟随着方鹤鸣的步频，机械地往悬崖边上狂奔而去。跑到最后几步，傅嫣然干脆把眼闭上。就在她闭上眼的刹那，双脚旋即脱离开地面，傅嫣然感觉到身体已经浮在空中。双人滑翔伞的两个伞包是前后排列，傅嫣然的伞包在前，方鹤鸣的伞包在后。方鹤鸣趴在傅嫣然的耳旁说："把眼睛睁开。"

傅嫣然睁开眼睛，瞬间有了飞翔的快意，这是她从未体验过的感受。每个人都或多或少做过飞翔的梦,但是极少有人体验过,这一刻,傅嫣然觉得自己全身上下有充盈的满足感。

方鹤鸣再次趴在傅嫣然的耳旁说话,这次几乎是把嘴贴在傅嫣然的耳朵上:“把双手张开，握着我的手,拉动伞绳,试着自己来控制飞行。”

傅嫣然依照方鹤鸣说的,伸展开双臂抓住方鹤鸣的手。方鹤鸣对傅嫣然说:“拉我的右手。”

傅嫣然拉着方鹤鸣握伞绳的手，用力拉了一下，好像是突然做了一个九十度旋转，朝着右侧飞过去，吓得傅嫣然尖叫一声,急忙松开手。方鹤鸣把脸贴在傅嫣然的耳旁:“没关系，再来一次，轻轻地拉我的手……”

方鹤鸣找到一股上升气流,滑翔伞瞬间攀升了七百多米,傅嫣然大呼过瘾。他们俩时而任由着伞自由飞行,时而展开两双臂膀像鸟儿一样轻盈滑翔,时而在空中与气流玩着盘旋游戏,好不酣畅。两个人在空中足足盘旋滑翔了四十分钟,最后在十三陵水库边的空地上稳稳着陆。方鹤鸣替傅嫣然解开安全带,自己一个人熟练地收拾滑翔伞。傅嫣然问方鹤鸣,我们怎么回到山上开车。方鹤鸣说不用上山,一会儿有人帮他把车开下来。傅嫣然问,那我们现在去哪儿。方鹤鸣蹲在地上装伞包，他指着不远处一栋别墅说，去那儿。

傅嫣然跟着方鹤鸣进了别墅，别墅装修虽然不是奢华，但是极具中式古典风韵。沿着潇湘竹的林荫道，绕过影壁墙就是月亮拱门，庭院里栽着两株海棠和一棵银杏树，地面铺着修剪整齐的草坪，草坪上有一架摇椅，摇椅上面躺着一只懒洋洋的松狮犬，看见方鹤鸣进来，才懒洋洋地跳下摇椅，似乎有些不太情愿地上来跟主人打招呼。别墅里面的装修和家具全都是明式风格，博古架上除了细颈梅瓶就是线装书，就连餐桌都是黄花梨的八仙桌，椅子也是明式的太师圈椅。餐厅里面已经有两个保姆模样的人，正在往餐桌上端菜，一看便知是做工考究的江浙小菜。酒菜布置停当，两位保姆悄无声息退出，客厅里便只剩下傅嫣然和方鹤鸣。方鹤鸣招呼傅嫣然坐下，亲自给她斟上红酒，举起酒杯对傅嫣然说："今天玩得开心，喝酒一定也要喝开心。"

傅嫣然倒也爽快，举杯与方鹤鸣碰了一下，竟一饮而尽。

宋雨田的确没有经受得住诱惑，他跟父亲通完电话后，当夜就失眠了。第二天黎明时分，他做了决定：

回北京。

这份诱惑跟名和利无关，宋雨田需要的是自己的作品被认可、被接纳。对于宋雨田来说，与其说是诱惑，倒不如说是成就感。小然似乎看出了他的骚动与不安，它不时地用头蹭着宋雨田的身体，嘴里发出“呜噜呜噜”的声响，似乎是在询问它的主人：你要去哪里？

宋雨田本可以去当地公安局补办一个临时身份证，然后从玉树坐飞机回北京，小艾给他留下的钱，刚好还够一张机票钱。可是乘坐飞机，就无法带上小然，抛弃他相依为命的伙伴，这是宋雨田如何都做不出的事。既然不能乘坐公共交通工具，宋雨田就只能一站一站搭便车了。他的运气不错，在玉树的一家货运站转悠两天，终于搭上一辆往兰州运送冷冻牦牛肉的冷藏车。司机叫老包，是一个壮实汉子，黢黑的脸庞上似乎都能渗出羊油来，说起话来的嗓门像是在草原上放羊。老包的老婆跟他长得一样的黑，嗓门虽说比老包小了很多，可是腰围却比老包粗了很多。老包夫妻二人长年跑长途客运，一开始，老婆只是跟着老包做个伴。后来，看到老包疲累时候会打盹儿，老婆就去学了大货车驾驶，帮着男人补个缺。等到老婆能够熟练掌控大货车的时候，夫妻二人歇人不歇车，出工效率倒是比以前翻了一番。

一人一狗上了车，宋雨田坐副驾驶，小然蜷缩在宋雨田的腿下面。两个车座后面是一个一人宽的小床，行车时候，老包夫妻二人轮流睡觉。如今，车里多了一人一狗，老包夫妻也多了话题，三个人天南海北地聊着。搭人家的顺风车，就不能由着自己的性子，只要老包夫妻二人在话茬上不刹车，宋雨田就会配合着往下聊。每个作家都是杂家，宋雨田涉猎极广，虽说所知都是皮毛，在老包夫妻二人听来，那已经足够有趣了。即便是眼睛不瞎的时候，宋雨田的话也不多。这多半年来，宋雨田的话比以前少了许多，除了跟结古寺的僧人偶尔聊几句，只剩下跟狗说话了。这一路上，老包夫妻轮番上阵，直把宋雨田聊得口干舌燥。说话是一件很伤元气的事儿，宋雨田时常会觉得浑身瘫软，只好喝水吃馍馍补充体力。老包夫妻四班倒着开车，每个人坐上驾驶位都精神百倍，可宋雨田却已经体力不支。趁着话题稍顿，宋雨田赶紧睡一会儿，养养元气。玉树到兰州一千公里路程，冷藏车整整跑了一天一夜。按照宋雨田要求，老包把车开到兰州市郊的货物托运集散地，一人一狗下了车。宋雨田临下车时，老包夫妻意犹未尽，二人恨不得揽一趟跑北京的活儿，把宋雨田一直送到北京。

宋雨田下车后，沿路向货运公司打探，问有没有去银川的货车。众人看是一个瞎子搭车，还要带上一只大狗，纷纷拒绝。一直询问到路头，已是黄昏时分，宋雨田觉得疲惫不堪，只好先寻一个僻静处睡觉。这一觉，一直睡到第二天天亮。接下来，一个礼拜的时间，宋雨田和小然一直没有找到愿意让他俩搭乘的货车。就在宋雨田绝望之际，一辆装好货物的货车停在宋雨田身边，车主问宋雨田，狗会不会咬人？宋雨田一再承诺，说自己的狗从来没有咬过人。宋雨田从车主的口音能辨别出，上午在一家货运公司里询问过这个车主，他当时没犹豫就拒绝了。这个时候，车主主动询问自己的狗咬不咬人，看来是他回心转意了。

接受上次搭车的教训，宋雨田临上车之前，买了十瓶矿泉水，生怕又遇上爱聊天的司机。这趟车是往银川送加工成半成品的羊皮，司机是两个男人，师傅叫老肖，徒弟叫小孙。老肖话不多，小孙话更少，宋雨田正好乐得不说话。一路上，车厢里有一股很怪异的尴尬，除了“呼呼”的路噪和风噪之外，便只能听见小然“呜噜呜噜”的呻吟。拉羊皮的货车是傍晚上路的，高速公路上车不算多,夜间行车基本都是大货车。兰州到银川不到五百公里,行至半夜,货车抵达吴忠。宋雨田已经靠在副驾驶位置上熟睡,小然伏在他的双腿下,也似乎是进入梦乡。老肖正在开车,他扭头看了一眼熟睡的宋雨田,对着后侧小床上的徒弟使个眼色。小孙便探起身子,把宋雨田的背包悄悄从两个座位中间拉出来。小然似乎听见异响,抬起头来叫了一声,把宋雨田惊醒。宋雨田用手抚摸着小然的头,对它说:"小然乖!不要叫,睡觉,睡觉。"

小孙提着背包,一时间僵在那里,放也不是,不放也不是。老肖示意徒弟赶紧动手,可小孙还是僵愣在那里一动不动。老肖心里暗骂一句,伸出右手竖起中指,在宋雨田眼前晃了晃,宋雨田毫无任何反应。小孙这才回过神来:宋雨田是个瞎子。

小孙把宋雨田的背包从里到外翻个遍,只在一个塑料袋里找到六百块钱。小孙偷瞥了一眼师傅,把其中三百块钱团成一团,握在手心里,只拿着剩下的三百块钱给老肖看。老肖撇了撇嘴,骂出声来:"穷×!"

宋雨田耳朵甚是灵光:"肖师傅说啥?"

老肖打了一把方向盘,把大货车拐进高速公路吴忠服务区,他对宋雨田说:"你们下去撒尿,我要加油。”

宋雨田说：“没怎么喝水，就不下车了。”

老肖说：“不撒尿，也下去溜达溜达，没看见大货车加油要排队嘛。”

宋雨田说：“我看不见，不过，下去遛遛腿也好。”

宋雨田摸索着打开车门，探着盲杖下了车，小然也跟着主人跳下车来。宋雨田听见车门“砰”的一声关上，随后，便有一件重物砸在自己脸上，拉羊皮的大货车旋即开走，车厢还差一点剐蹭到宋雨田。小然冲着远去的货车吼了两声，似乎是在叫骂着什么。宋雨田从地上捡起自己的背包，叹了口气：“出尔反尔，小人也！”

宋雨田和小然用了三天时间，从吴忠步行到了银川。在银川又用了一个礼拜时间，才搭上了一辆去榆林的货车。货车运送的是化学危险品，时速不敢超过八十公里。化学品运送都是专用车，专用车用的都是专用司机，又加上是国有大公司，所以一天的路程跑了三天。宋雨田问司机，在路上晃荡着多难受，两天一个来回，回家里睡觉多舒服。司机嘿嘿一笑：“在路上多晃荡一天，就多挣一天补助费，我们公司的司机是中国最守规矩的，规定时速不超过八十公里，我们都跑六十公里。”

宋雨田说：“这么慢的速度，在高速公路上挺危险的，你们早早跑进休息区歇着，也可以嘛。”

司机骂道：“以前可不就是这么干的，后来，公司给每个车加装了 GPS，我们就只能冒险在路上磨蹭了。”

从榆林到太原，宋雨田和小然搭上一辆拉枣的货车。宋雨田此刻已经身无分文，到了休息区，本可以找水龙头喝点水，可是又担心被司机甩掉，所以连喝水都免掉了。宋雨田明显感觉，越往东部走，就越难搭车。偶遇到可以让他搭车的司机，还要他拿下墨镜，验明他是不是真的瞎子。

走进太原市郊的货运集散站，已经是半夜时分，一人一狗已筋疲力尽。宋雨田摸索到一个包装箱，拆开后铺在墙边，搂着小然呼呼大睡起来。

这一觉不知睡了多久，直到宋雨田感觉背上一阵剧痛，才惊醒过来。他只听见耳边传来乱糟糟的叫嚷声，还有小然一阵阵急促的怒吼，似乎是跟人撕咬在一处。宋雨田从纷乱的叫嚷声判断，一群人正在围攻小然,小然时不时传出一两声惨叫。宋雨田寻着声音扑过去,他想过去保护小然,手臂、额头、后背却瞬间被钝器击中。宋雨田扑了一个空,倒在地上,耳边传来小然一声长长的惨叫,而后转弱成“呜噜呜噜”的呻吟声。宋雨田心中暗叫一声:“完了完了!”

小然被活活打死了,因为它咬断了一个搬运工的脚踝。小然之所以咬断搬运工的脚踝,是因为搬运工踢了熟睡的宋雨田。搬运工踢熟睡中的宋雨田,是因为宋雨田拆了他的一个包装箱睡觉。宋雨田抱着软塌塌还热乎乎的小然,忍不住放声痛哭起来,感觉像是失去了一位亲人,一位不离不弃共患难的亲人,倒在黎明前的黑夜里。如果没有小然的陪伴,他很难相信自己能够熬过来,熬到知道自己的《心房》已经出版。他突然摸到小然身下一根铁管,宋雨田抓着铁管,站起身来,喊道:“是谁打死了我的小然?”

旁边一人说:“是我们,我们一群人打死了你的狗,你个瞎子,还想怎么着!”

宋雨田挥舞着铁管,向着说话那人的方向冲过去,人群里发出一阵骚乱。紧接着又是一阵哄笑,因为宋雨田被纸壳箱绊倒在地上。就在宋雨田挣扎着站起来，挥舞着铁管朝着笑声扑过去，等他再次摔倒在地的时候，传来一阵警笛声，原来，是其他物流公司的人报警了。其他物流公司报警的目的，是让打架的物流公司少揽一点活儿，因为警察出警肯定要把这家物流公司的人带走做笔录。

派出所的民警负责调解这起狗咬人的事件，因为货运公司的经理不想负担医疗费。民警知道宋雨田是一个身无分文的流浪汉，就偷着给他出主意，让他不要承认小然是他的狗。等把双方当事人叫到一起调解时，民警批评经理为什么不给员工上保险？经理说，整条街上的搬运工都没有上保险，自己单独上了保险，还怎么在这条街上混。民警说，那只狗是野狗，不是盲人的，医疗费只能由货运公司负担。听到这里，宋雨田站起身来说，狗是我的，他们不能白白打死我的小然！

十二

傅嫣然选了一套欧式婚纱，这是婚礼前最后一项工作。方鹤鸣的公司上市在即，尽管有很多工作需要他亲力亲为，但他还是每天抽出时间，来陪伴傅嫣然。婚约是两个月前订的。就是在十三陵的莽山飞滑翔伞那一夜，方鹤鸣向傅嫣然求婚。傅嫣然多日的委屈，在那一刻突然崩塌，伏在方鹤鸣的怀里哭了好一会儿。方鹤鸣轻抚傅嫣然的蜂背，说理解她的心情，心爱的人无声无息地消失，比背叛还让人难以接受……

方鹤鸣的确很喜欢傅嫣然，为了追求傅嫣然，费了很多心思，搭上很多时间。包括公司上市前筹备阶段，居然离开公司，陪着傅嫣然前往青海寻找宋雨田。为了让傅嫣然放心，方鹤鸣在婚前财产公证时，让律师备注：男女双方今后不管因何种原因离婚，双方均拥有夫妻双方共同财产百分之五十的分割权。

距离婚礼只剩下三天时间，秘书小美走进方鹤鸣办公室，让他看一下婚礼上宾客落座名单。方鹤鸣用笔在名单上圈圈画画，调换了几个人的座位。手机突然响起来，是小季打来的电话，他告诉方鹤鸣："宋雨田找到了。"

方鹤鸣一愣："人在哪儿？什么情况？"

小季说："他在太原，是太原警方跟出版社联系的，我现在还没有跟宋雨田讲过话，我今天晚上赶去太原，你们去吗？"

小季问的"你们"，当然包括傅嫣然，方鹤鸣迟疑着："公司上市在即，离不开人……既然他人没事，那我就放心了，你去吧。"

小季问："听说你跟傅嫣然要结婚了？"

方鹤鸣说："这个周六中午，在北京饭店举行婚礼。"

小季驱车赶到太原，已经是深夜。他找到那个接案的派出所时，宋雨田还在抱着小然，不肯放下。小季几乎没有认出宋雨田，更让小季吃惊的是，宋雨田已经瞎了。小季给被咬伤的搬运工支付了全部医药费，搬运工也答应，向宋雨田和小然道歉。最后，在派出所门外一棵泡桐下，小季花了五百块钱雇了两个搬运工，刨了一个深坑，把小然掩埋了。宋雨田抚摸着泡桐，如丧考妣，哭得无比伤心。他从口袋里掏出一把小刀，在泡桐上刻下四个字：小然之墓。

小季带着宋雨田进了太原一家豪华的洗浴中心，让搓澡工给他浑身下上搓了三遍，最后又给他理了发，还从里到外换了一身新衣服。两个人躺在包间里做足疗按摩的时候，小季问宋雨田，眼睛是怎么回事，为什么突然玩失踪，这半年都干吗去了。宋雨田说他不想说。小季点点头，说你本来就是各，这回更有各的资本了。看宋雨田不说话，小季接着说，你的作品已经火了，你得趁热打铁，写《心房》第二部。宋雨田说，我的眼瞎了，恐怕写不了了。小季说，我给你安排一个学中文的漂亮女助理，你来口述，让她帮你写。宋雨田说，漂不漂亮对我已经没有意义了。小季说，那就不要求颜值了，找个声音性感一点的。宋雨田没有回应，只是深深地叹了一口气。小季犹豫再三，对宋雨田说："傅嫣然现在在北京。"

宋雨田问："她什么时候来的北京？"

小季说:“大概有半年了,就在你失踪后不久。她还去了杂多找过你,你的同学方鹤鸣陪她一起去的。”

宋雨田问:“傅嫣然现在北京干吗?”

小季说:“她进了方鹤鸣的公司,好像做了高管。”

宋雨田沉默少许:“老方这个人挺够义气的。”

小季说:“嗯,很仗义,连你女朋友都撬了,他们这个周六中午在北京饭店举行婚礼。”

宋雨田沉默好一会儿,咽了一口唾沫说:“是我主动退出的,怨不得嫣然,也怪不得老方。”

小季问:“傅嫣然是个多好的姑娘,你为什么退出?因为眼睛瞎了?”

宋雨田苦笑:“人生有些时候,需要你豁出去一回,为自己也好,为你喜欢的人或事也好。总之,你得豁出去一回,才不枉此生。”

小季说:“打住!你又开始不说人话了。”

在太原休息了三天,小季找的是太原最好的五星级酒店。直到吃早餐的时候,宋雨田才知道住的是五星级酒店。他埋怨小季:“干吗住这么贵的酒店,你中彩票头奖了?”

小季笑道:“花的都是你的钱。”

小季指着落地窗外的歌诗图,对宋雨田说:“看见了没有，那辆车也是花你钱买的。”

宋雨田吃着一块烟熏三文鱼，没有抬头也没有接话。小季尴尬着咳嗽一声：“你若是不想买车，就从我的经纪代理费里面扣除。”

宋雨田说：“有钱了，干吗不花。”

之所以在太原待了三天，是宋雨田要求的，他不想在傅嫣然婚礼这天回北京。

这三天，小季的手机几乎快被打爆了。三四家影视公司轮流问小季，到底什么时候可以签约？出版社已经迫不及待地安排了新闻发布会，只等宋雨田回北京。至于报纸、杂志、电视台、网络等媒体记者的预约采访，小季一一往后推迟，说是田与然最近身体不适，需要休息。挂断电话，小季问宋雨田，对哪些活动和哪家媒体感兴趣？宋雨田说，对哪些活动和哪家媒体都没有兴趣。小季翻了翻白眼：“差不多就行了，再装就装过头了，过了就成了矫情。”

宋雨田想端起茶几上的茶杯喝水，却把茶杯碰翻，热水溅到小季的脚上。宋雨田似乎很尴尬，也好像有些愤然，他索性一把把茶杯扒拉到地毯上，另一只手则把宽大的墨镜摘掉，他指着自己的眼睛，对小季吼道:“你们要我这副嘴脸去面对媒体、面对公众的目的是什么？无非是增加一些公众话题,让我成为人们茶余饭后的谈资，你们恨不能把我包装成钟楼怪人,然后给《心房》聚焦更多关注度,卖一个大价钱。”

小季也提高了音调:“有关注度才有市场,没有市场,谁来看你写的书?谁会购买《心房》版权?一个作家写作的目的,不就是让大众读他的作品吗？你苦哈哈地写了十多年,不就是为了这一天?眼睛瞎了怎么了,眼睛瞎了,心没瞎就好。依我看,这或许是天意,成就一个伟大作家的天意。雨田,我一直觉得你不是个凡人。眼睛瞎了,欲望就少了,正好可以用心思考,更有利于创作出不朽的传世之作。”

宋雨田的音调降下来，他觉得小季说得也有道理:“之所以有《心房》,是因为有了傅嫣然,她让我感受到了爱。写作者如果感受不到爱情,哪里还会有创作激情？”

小季笑道:“世间哪有什么爱情,爱情只不过是美化了的欲望。即便是有,也是有时效的,过期的爱情,还不如你对一只狗的眷恋。”

宋雨田说:“这个世界上当然有爱情，我体验过的,而且会铭刻在心。”

小季说:“爱情是残忍的,是凡人消受不起的奢侈品,它经不起任何诱惑和伤害。所以,我们凡人不要爱情也罢。”

宋雨田说:“你刚才说了,我不是凡人。”

傅嫣然和方鹤鸣的婚礼很感人,婚庆公司煞费苦心,打造了一个感人至深的婚庆典礼。主持婚礼的司仪是一位著名的电视节目主持人,他用深沉的中音讲述傅嫣然和方鹤鸣相识相知相爱过程,婚礼现场的人大都被感动落泪。独独傅嫣然皱起眉头,她非但没有被感动,反而觉得与宋雨田的爱情是自己的隐私,不应该拿出来在大庭广众之下消费别人的眼泪。傅嫣然看过婚礼程序单,原本没有这个环节,她悄悄问身边的新郎:“谁让你加这一段的,我怎么不知道?”

方鹤鸣说:“前天加上的,我们的爱情是健康的,没有什么是见不得人的。”

傅嫣然说:“这跟见不见得人没有关系,这是属于我的隐私。”

方鹤鸣可谓是双喜临门,婚礼之后一周时间,公司便在深圳创业板成功上市,方鹤鸣与傅嫣然夫妇的身价，在一夜间跨入亿万富豪的行列。傅嫣然对自己的现状比较满意，婚礼上虽然出现一个不愉快的小插曲，但是随着公司上市、随着自己身价陡增，一切不快都烟消云散。偶尔，傅嫣然也会想起宋雨田，为了让自己心情好受一些，她开始迁怨于宋雨田的突然失踪，最后干脆把宋雨田定格成为一个不负责任的男人。一段刻骨铭心的爱情，虽说是有始无终，但傅嫣然至少为自己画上了一个还算满意的句号。

公司上市带来的不仅是事业上的成功，还有人际关系和人脉资源的拓展，方氏夫妇频繁出席各种应酬宴会。方鹤鸣的意气风发，傅嫣然的优雅得体，在京城的高档社交圈里留下不错的口碑。方鹤鸣颇为得意，觉得自己觅得一份金玉良缘，也为自己能够娶到傅嫣然这样的极品女人庆幸。每次商界大佬聚会，方鹤鸣都会私下跟傅嫣然耳语，偷着向她介绍哪位绅士风度的丈夫在外面包养情妇，哪位一脸淑女状的温婉妻子在外面跟美发工开房。傅嫣然一向对流言蜚语不感兴趣，偏偏方鹤鸣极具八婆潜质，对每一家的私生活都了如指掌。傅嫣然皱着眉头，低声问道："总听说男人在外面花，难道女人也会出轨？"

方鹤鸣嘿嘿一笑："凡是出轨男人，绝不会只跟一个女人有染，一个男人如果跟数个女人发生婚外情，说明什么？说明出轨女人的比例远远高于出轨的男人，可是为什么大家只知道男人出轨，却很少知道女人出轨呢？因为一旦男人出轨，女人便会添油加醋四处渲染。而女人出轨了，男人碍于面子，很少会对外人说。所以，世间只知有负心汉，而不知有淫荡女。”

人在得意之时，难免会口不择言。在一次京城某地产大佬召集的聚会上，方鹤鸣喝多了酒，席间多有狂傲轻薄之语，惹得另一位姓郝的房地产商不快。郝总原来是老侯的助理，老侯如日中天时居安思危，洗出一部分资金注册了另外一家房地产公司，委派助理小郝出任这家房地产公司法人代表。郝总领会老侯的意图，新公司与旧公司不管在业务上，还是在经济上，没有任何纠缠瓜葛。在外人眼里，完全就是两家不相干的房地产公司。老侯出事后，旧公司一败涂地，但是郝总掌控的新公司安然无恙。

宴会上，方鹤鸣屡次把话题扯到傅嫣然身上，吹嘘爱妻的法国留学和法国工作背景，并亲切地称呼傅嫣然的法文名字：Clara。某网站 CEO 坐在郝总身旁，侧过身来对郝总耳语道：“痴汉夸妻。”

郝总虽然与 CEO 熟识，却不是交心的朋友，所以只好微笑点头，不做任何评价。但是，当郝总听到两遍Clara的名字后，他禁不住上下打量起傅嫣然，不由得心中一惊。原来，郝总给老侯做助理的时候，几乎每个月都要往巴黎一个叫Clara的账户上汇一笔钱，少则五万，多则三五十万。从老侯的只言片语里，郝总也能猜出，这个Clara是一个中国女人，而且是老侯包养在法国的高级交际花。

宴会结束后，众人漱口完毕，是品尝高档红酒和甜点时间。男人们凑在雪茄吧里，爱抽不爱抽、会抽不会抽的男人都点上一根雪茄，喷云吐雾地畅谈互联时代新思维。女士们则三三两两凑在一起，喝红酒兼挤对自己男人。傅嫣然被丈夫捧上一个很高的位置，遭到众女人的羡慕嫉妒恨，所以，她此刻正处在落单状态。郝总不抽烟，也闻不得烟味儿，他接过服务生递过来的一杯罗马康帝酒庄酿造的干白，坐在吧台上无聊地品着酒。突然，郝总瞥见了落地窗前落单的傅嫣然，无聊对无聊，郝总端起酒杯，朝着傅嫣然走过去。两个人礼节性地点头问候，郝总说了几句恭维的套话，便询问起傅嫣然在巴黎留学和工作的时间，竟然跟他往法国汇款的时间正好吻合。郝总进而试探性地说："真巧，我认识一位房地产商老侯，他曾经有一位红颜知己,也叫 Clara,也住在巴黎。”

傅嫣然闻听郝总此言,脸上瞬间变色,差点把杯子里的红酒洒到自己旗袍上。看到这番光景,郝总心里已经明白了十分。傅嫣然借故去洗手间后,便不辞而别,先行离开了。

小道消息总是比人走得快,傅嫣然还没有到家,她在巴黎被老侯包养的事儿,已经在宴会的女人堆里,被议论出好几个更生猛的版本。一个从未去过法国的贵妇嗲声说:“法国的艾滋病那么猖獗,啧啧啧,以后可别让我跟她坐一张桌子上吃饭。”

更有一位牙尖嘴利的女人说:“欧美男人生就一副驴玩意儿,被他们用完了,中国男人都能在里面耍大刀了吧。”

这天晚上,被妒忌激怒的女人们,在回家路上便把傅嫣然的事情添油加醋,演绎成各自喜欢的版本,绘声绘色说给自家男人听了。

时过不久,便有风言风语传进方鹤鸣的耳朵,他将信将疑很长时间,终于鼓足勇气找傅嫣然长谈了一次。傅嫣然没有回避,把在巴黎那几年的经历如实告知了方鹤鸣。傅嫣然讲述完毕,自始至终没有向方鹤鸣表达过任何歉意。傅嫣然最后说："每个人都有走错路的时候，能够在错误的路上完成自我救赎的人，没有人有资格歧视她。我没有刻意隐瞒，只是我们从未提及这个话题。再说了，那一页我早已经翻过去了，你爱上的是现在这个状态的我，而现在的我才是真正的我。"

方鹤鸣当场呆若木鸡，许久之后，他问道："宋雨田知道你这段经历吗？"

傅嫣然说："雨田知道，他担心我以后会因为这件事情低他一头，他故意把这件事情说成是我为他提供的故事创意，雨田拥有天使般的慈悲胸怀。"

方鹤鸣说："你怎么知道，他的突然消失不是因为这件事呢？"

傅嫣然说："他不会因为这件事情离开我的。"

方鹤鸣说："你既然对宋雨田这么有信心，为什么要跟我结婚？"

傅嫣然说："也许，我应该为此事向你道歉，因为我一直放不下雨田，所以，才寄希望于另一份感情，能够抚平我的痛苦。"

方鹤鸣说："你一直在利用我？"

傅嫣然说："我没有，从答应和你结婚的那一刻起,宋雨田就已经成为往事了。”

…………

方鹤鸣闷闷地喝了一夜酒,第二天出门后就没有再回来,他没有回家也没有去公司。傅嫣然给他打了无数遍电话,手机始终处在关机状态。傅嫣然一直犹豫要不要报案,可是又担心消息张扬开来,影响公司的股票。三天后,方鹤鸣回家了,带着一脸让傅嫣然都意想不到的微笑。方鹤鸣热情地拥抱了傅嫣然,对她说:“我把你的曾经都消化掉了,我自认为,我要比宋雨田的胸襟宽广得多。”

傅嫣然很是感动,伏在方鹤鸣的怀中哽咽起来。

宋雨田没有搬进小季为他租赁的高档公寓,而是继续住在那间低矮的耳房里。用宋雨田的话说,住再好的地方也看不见,还不如住在耳房里,哪儿哪儿都熟悉。房东老张看见宋雨田,也是大吃一惊,没头没脑地追问个不停。宋雨田什么都没讲,只问老张,小季给他付了几个月房租?老张说付了半年。老张问宋雨田,您现在都是大作家了,还会住在这间小耳房里?宋雨田说,这间房子我还要继续住下去,再跟你续约三年。

说完,宋雨田探着盲杖,往胡同口走去。眼睛好的宋雨田,躲着老张。瞎了眼的宋雨田,还是躲着老张。用道家的观点，每个人都有一个独立循环的气场,有些人的气场相融,就成了朋友。有些人的气场不相融,就永远做不了朋友。宋雨田和老张,就属于气场不相融的两个人。

宋雨田走进星巴克,第一个认出他的是小格。小格一边落泪一边给宋雨田调了一杯焦糖玛奇朵,小格对宋雨田说:“我们一直在议论你,怎么不来我们店里写作了,后来看到媒体报道,才知道你失踪了……你的眼睛是怎么回事？”

宋雨田接过焦糖玛奇朵，喝了一口，对小格说:“真甜啊！”

宋雨田没有回答小格的提问,接着对她说:“谢谢小格！我以后不用再喝你的咖啡了,我今天买一百杯焦糖玛奇朵,放在你们店里,以后,你们如果再遇到像我这样买不起咖啡的码字人，就送给他们喝，可以吗？”

小格说当然可以,她继续追问宋雨田:“你的眼睛怎么了？”

宋雨田说:“一言难尽,我现在不想提这件事。”

小格说:“你瘦了很多，你的眼睛……眼睛这样了，以后怎么写作呀？”

小格说到这里，又抽泣起来。宋雨田笑着安慰小格：“你可以帮我写啊。”

小格顿时破涕为笑：“真的吗？我从小就喜欢写作，初中作文还在市里获过奖呢，而且，大学读的就是中文系，您的《心房》我已经读了三遍……”

宋雨田又开始了写作，他口述，小格帮他录入。小格也不仅仅只是录入，偶尔也会对措辞和叙事方式提一些建议，很得宋雨田的心。两个人也不是天天去星巴克，因为那里人多，不便于沟通。尤其是周六周日，两人就会猫在耳房里创作。如果文思泉涌，小格就会在宋雨田思考间隙，赶紧去煮两袋方便面充饥。若是写作遇到坎儿，小格就会搀着宋雨田出门，去附近的大餐馆里吃一顿。宋雨田没有写《心房》的续集，因为他说自己暂时找不到续写的感觉。新作品的名字叫《虐爱穿心》，基本上还原了他与傅嫣然的爱情经历。小季不同意宋雨田写《虐爱穿心》，说是不够市场化，形不成大 IP，没有读者喜欢看两个人的爱情意淫。小敏说不见得，爱情小说的读者群是女性，女性才是消费市场的发端。小季和小敏成了耳房的常客，他们俩在耳房里争吵个不休，宋雨田却对两个人说:“《虐爱穿心》是不会出版的。”

小敏瞪大眼睛问道:“不出版,你写它干吗？”

宋雨田说:“写它,只是为自己的青春留存一段记忆。”

小季叹口气:“执念是邪恶的,一旦沾染上,它会让人欲死不休,欲罢不能。你就是执念太深。”

宋雨田是知恩图报之人,他委托了小季做自己的经纪人,跟他签了行业内最高的经纪费。宋雨田也成了小敏所在的出版社的签约作家,由小敏对他的文字作品进行编辑和推广。宋雨田也答应二人,完成《虐爱穿心》之后,就会续写《心房》。小季赞道:“这才对嘛,天下没有不矫情的作家,矫情完了,还得务实写作。”

宋雨田还委托小季,帮他找一个人。小季问他找谁？宋雨田说:“跟我一起在杂多挖虫草的小艾。”

周末是傅嫣然的生日，方鹤鸣中午离开了公司，没有人知道他的去向。临近下班时间,傅嫣然接到方鹤鸣打来的电话,让她去十三陵水库的别墅,一起吃生日晚餐。傅嫣然心中颇为感动,知道方鹤鸣记得自己的生日,肯定要给她一个浪漫的生日晚宴。傅嫣然挂断方鹤鸣的电话，就开车上路了，直奔京新高速。傅嫣然开一辆红色的沃尔沃S100，是方鹤鸣送她的新婚礼物，操控感和安全性能都是一流的。冲出滚滚车流羁绊，傅嫣然猛踩两脚油门，时速瞬间到了一百四十公里，傅嫣然一贯喜欢开快车。手机铃声响起，是方鹤鸣打来的电话，询问到了什么位置。四十多公里的高速路，不到半个小时就跑到了。下高速公路后，大概还有七公里左右的山路，虽说是周末时间，但也车辆稀少。傅嫣然急于赶到别墅，不免车速有些快。拐上一条山道后，夜色已经降临。这条山道的山顶叫古风口，古风口上没有遇见一辆车，因此，傅嫣然非但没有减速，反而加快速度，享受山路弯道漂移的刺激感觉。突然，古风口的岔路口蹿出一辆破旧的货车，傅嫣然刹车已经来不及了，她下意识往左打了一把方向盘，沃尔沃越野车一头蹿下古风口的山崖……

四十多米深的山崖，车辆冲下去，车内人断无生还之理。傅嫣然运气好，幸亏她的车速快，越野车没有摔在崖壁上，而是落到距离悬崖稍远的一棵大槐树上。大槐树至少有百年树龄，粗壮的树干树枝给跌落的越野车一个缓冲。傅嫣然的额头撞到方向盘上，瞬间昏死过去。

过了许久之后，傅嫣然苏醒过来，她感觉到头疼欲裂，两只眼睛费了很大的劲才睁开，原来是头上流出的血液覆盖住眼皮。傅嫣然活动一下肢体，好在四肢没有断折，只是有些酸疼。她试着打开车门，但车辆已经严重变形，根本无法推开车门。傅嫣然摸索着找寻手机，手机却早就不知道甩到哪里。不是说沃尔沃的安全性能是世界一流，车内怎么一个安全气囊都没有打开？傅嫣然心里暗自疑惑。前挡风玻璃已经碎成鱼鳞片状，她解开安全带，把腿抬上来，用力地踹了两脚前挡风玻璃，整片鱼鳞状玻璃便软塌塌地倒了下去。傅嫣然从车里面爬了出来，两只手掌和两个膝盖被碎玻璃片扎伤，浑身上下搞得像个血人一般。

悬崖下面距离别墅很近，只用了二十分钟时间，傅嫣然便走到别墅。别墅镶嵌着铜钉的黑漆大门虚掩着，像是有人刚刚进出过，傅嫣然径直走进去。那只慵懒的大松狮犬抬头看了傅嫣然一眼，复又把头搁在两条前腿上，继续睡觉。傅嫣然穿过月亮拱门，看见别墅的落地玻璃窗内，只开着两盏落地灯。进入别墅大门后，傅嫣然的惊恐紧张情绪稍稍稳定，接着心中涌起些许愧疚，她觉得方鹤鸣肯定故意开着大门，等自己走进别墅，然后就会捧上燃着蜡烛的生日蛋糕，营造出满满的浪漫情调……此刻,方鹤鸣应该是等得心焦时刻,或许已经给自己打过无数遍电话。都怪自己车速太快,才酿出这起意外车祸,傅嫣然在心里自责着。突然,她看到方鹤鸣呆坐在客厅沙发里,盯着壁炉的方向怔怔发呆。沙发前的茶几上,放着一瓶威士忌,方鹤鸣端起大半杯子酒,一饮而尽。果然,方鹤鸣等得有些郁闷了,傅嫣然心里想。她急忙推开房门,走进客厅。方鹤鸣猛然抬头看见浑身是血的傅嫣然,吓得酒杯跌落到地上,张大嘴巴说不出话来。傅嫣然说:“对不起,我出了车祸,车子……恐怕已经报废了。”

方鹤鸣缓过神来:“没事,没事,只要是人没出事,就好,就好。”

傅嫣然问:“你的手机呢,快点报案吧。”

方鹤鸣说:“对方又没有死伤,就不用报案了。”

傅嫣然说:“那至少得给保险公司报案吧。”

方鹤鸣拿着手机,对傅嫣然说:“我……我先送你去医院,让其他人给保险公司报案吧。”

傅嫣然说:“好吧,我先喝口水。”

傅嫣然四处找水,却发现餐桌上、厨房里不仅没有水,连她期待的生日蛋糕也没有发现,她只好接了一杯自来水,一饮而尽。方鹤鸣走进厨房,催促傅嫣然:“快点走吧,我送你去医院。”

傅嫣然问:“你给保险公司打电话了吗?”

方鹤鸣说:“我这就安排。”

方鹤鸣拉着傅嫣然往外走,一边拨通司机小林的手机:“小林,你通知保险公司,沃尔沃车在古风口翻车了,让他们派人过来看现场。”

方鹤鸣挂断电话,傅嫣然有些疑惑,她问方鹤鸣:“你……你怎么知道我是在古风口翻车的?”

方鹤鸣说:“北京一路过来,都是平坦大道,只有古风口那段山路经常出车祸,这个……不用脑子就能想到。”

傅嫣然的伤势不是很重,头上的伤口缝了三针,诊断为轻微脑震荡。身体其他部位都是轻微的皮外伤,无须做任何治疗。可是傅嫣然觉得自己的腹腔有些疼痛,医生正好乐得让她多做一些检查,于是,又给她开了好几张单子。这一回,检查结果让傅嫣然和方鹤鸣大吃一惊:傅嫣然怀孕了。

傅嫣然暗自庆幸,这么大的一场车祸,肚子里的孩子居然没有流产。父母听说女儿怀孕之后又出了车祸,急忙从宁波赶来北京,为女儿保胎压惊。为了去医院检查方便，傅嫣然出车祸后一直住在方鹤鸣城里的豪宅。傅嫣然的父母来了之后，也随着女儿女婿一起住。父母每天变着花样蒸煮烹炸，给傅嫣然滋补身体兼保胎。一家人，全都沉浸在迎接一个新生命的悸动与兴奋中。方鹤鸣让傅嫣然立刻中止手头上所有工作，让她安心在家静养，排除所有干扰，全力以赴生孩子。方鹤鸣还托付美国的朋友，用国际航空快递最先进的保胎育胎营养品到北京。

十三

耳房里，小格正在帮宋雨田阅读昨晚写的《虐爱穿心》:“宋雨田狠狠地拍了一把自己的脑门，他决心弥补自己的愚蠢和粗鲁。他开始在手机上编辑微信，准备下山之后，第一时间发给傅嫣然：谢谢嫣然，你给我提供一个如此另类的创意，居然把我们平淡无奇的爱情演绎成这样曲折和跌宕的故事。只要你愿意，我一定会为你创作出一个美丽的爱情神话。嫣然，我爱你！你是个天才！”

宋雨田点点头，示意这一段可以通过。小格敲击了一下回车键，另起一行，准备听宋雨田的口述。宋雨田沉默良久，小格知道他在思考，便默默地起身，去煮咖啡。这些日子以来，小格已经习惯了与宋雨田的工作方式:思考的时间多于写作的时间。所以,在宋雨田思考的时候,小格会起来煮咖啡、煮饭,把耳房收拾得井井有条。小格已经辞去星巴克的工作,全身心投入到写作当中,其实是投入到帮助宋雨田写作当中。小格一直觉得文学创作是一件神圣的事情,所以,她做得格外起劲儿。既然自己没有能力写出一流的文学作品,但是自己可以帮助另外一个人去实现这一梦想,也是不错的。只是,目前的创作不像是文学创作,倒是更像宋雨田的情感记录。这让创作热情高涨的小格,略感失望。尤其是宋雨田对傅嫣然的爱,字里行间透着神一样的宽容和悲悯,让她这个录入者兼第一读者都会心生醋意。

小格把一杯咖啡递到宋雨田手中,把他从回忆拉回到现实中。宋雨田喝了一口咖啡:“我总觉得家里的咖啡喝不出奶香味儿。”

小格笑着说:“你家里没有不锈钢杯子,打奶泡只能用陶瓷杯子,所以味道会有不一样的改变。”

宋雨田说:“这都是商家故弄玄虚,同样都是一个容器,怎么会影响味道?”

小格说:“煲汤有汤锅,熬药有药锅,用电饭锅爆炒熘鱼片,味道肯定会大打折扣。”

宋雨田问:“容器真的会改变食物的味道吗?”

小格说:“会的,容器好比文字,唐诗多豪迈,宋词多婉约,如果用骈体文写一部现代爱情小说,必然不伦不类,就像是用商籁体写一首现代摇滚乐,有风马牛不相及之嫌。”

宋雨田自从跟小格合作以来,生活质量得到很大改善,心情也比先前好了很多。小格性情与他相似,都属于温和型,不仅能帮助自己写作,而且在措辞、行文、叙事上还能帮其完善。最主要的是,对自己生活上照料得很是周到。用小季和小敏的话说,宋雨田这是因祸得福。小季撺掇小格搬过来跟宋雨田一起住,晚上也能照顾宋雨田。不等小格表态,宋雨田就拒绝了,说耳房只有一间,两个人住不方便。小格脸色一阵窘红,把要说的话生生咽了回去。小格出来送小季的时候,小季对小格说:“这个二货心里还装着傅嫣然,得过一阵子才能去根儿。”

小格摇摇头:“他一辈子都很难走出来的,而且,他好像很享受这样的悲情,整天沉浸在被虐和自虐的苦水中,是他自己不想走出来。”

小季说:“你不要灰心,多给他一些温暖……”

小格说:“你这样主观,显得很没有礼貌,你刚才让我搬到耳房来住，是什么意思？要不是雨田打岔，我会说出很难听的话来。你们把我当什么了，我只是仰慕一个作家的才华，想尽我所能帮助他，仅此而已。在这个基础上，大家彼此尊重是第一位的。”

小格说完，转身走进耳房，把房门摔得很响。小季第一次看到小格发脾气，虽然声音不大，但是话说得很有分量。

在小季的极力怂恿下，宋雨田勉强接受了几家媒体的采访。宋雨田接受采访是有前提的，只谈文学创作，不谈自己的眼睛和遭遇。但是，文学在公众眼里是一个狗屁，大家只想知道他为什么失踪半年，眼睛是怎么瞎的？一家时尚杂志想要包装宋雨田，原因是他身材很好，给他量体裁衣带来好几身西装，拍照就忙活了一整天。拍完照，女记者与宋雨田攀谈起来，试探着问他眼睛是怎么瞎的？宋雨田很有礼貌地拒绝了这个问题。女记者很不甘心，她想挖出别人挖不到的新闻：“坊间有传闻，说是您爱上了有夫之妇，眼睛是被情人的老公雇人弄瞎的，是这样吗？”

宋雨田站起身来，把西装脱下来，掷到记者的脸上，只说了一个字：“滚！”

秋日午后，傅嫣然半卧在飘窗阳台的软榻上看书，最近她迷上普鲁斯特的《追忆逝水年华》，虽说主人公起个床就能描叙三四十页，但是书中独特而深邃的视角，深深地吸引了她。傅嫣然时常在想，普鲁斯特肯定经历过贵族生活，就像曹雪芹一样，如果没有切身体验，如何都走不进欧洲贵族的心里。想到普鲁斯特的时候，傅嫣然也会联想起宋雨田，她已经从媒体上知道，失踪半年多的宋雨田回到了北京，而且已经双目失明。至于，宋雨田为什么失踪，眼睛是怎么瞎的，宋雨田闭口不谈。傅嫣然给小季打过一个电话，询问宋雨田的眼睛是怎么瞎的。小季说他也不知道，宋雨田对任何人没有说起过。傅嫣然又问，能不能医治好，还有没有恢复的可能。小季说，已经去看过最顶尖的眼科医生，是眼角膜被化学酸剂烧伤，有复明的可能，但是医院里排队等眼角膜的人，都已经排到五年之后了。

傅嫣然做了很多假设，她甚至想跟方鹤鸣商量，能否去照顾宋雨田的生活……这些点滴冒出来的想法，又被她在心里一一否定，因为她已经渐渐了解方鹤鸣，他不是那种有胸怀的男人。既然自己已经嫁为人妇，想那么多只能徒增烦恼。

妈妈给傅嫣然煮的海参鲫鱼姜仁汤已经凉了，午睡起床的妈妈看她没有喝汤，禁不住唠叨起来。唠叨归唠叨，妈妈只好重新热了汤，再次给她端到软榻旁，并强行把傅嫣然手里的书夺下来，逼着她喝汤、午睡。就在娘儿俩半嗔半吵的时候，傅嫣然的手机响了。电话是沃尔沃公司打来的，询问客户对车辆使用情况的调查。傅嫣然气不打一处来，高声斥责沃尔沃汽车的调查员，说自己的车辆撞报废了，车内居然没有一个气囊打开。调查员说这样的情况不可能发生在沃尔沃的产品上，并强调安全性能的研发是沃尔沃的生命线。随后，调查员调了傅嫣然的购车资料，并追问该车出车祸后为什么没有报案理赔？傅嫣然听后心中一愣，她说是自己丈夫派人报案理赔，而且保险公司已经支付了理赔款。调查员说他手里的资料显示，这辆车还在正常使用中。

傅嫣然挂断沃尔沃公司的电话后，脑海里不断涌现出事那晚的情景：那辆肇事大货车从岔路口突然间蹿出来，而且没有开车灯；自己脱险进入别墅后，方鹤鸣显得惊慌不已；别墅里没有丝毫要进行生日庆祝的迹象，没有蛋糕，没有蜡烛，没有香槟，没有朋友，只有独自喝酒的方鹤鸣；自己没有说在哪里出的车祸，方鹤鸣打电话告诉司机小林，说出案发现场是在古风口；而且知道对方没有死伤……

傅嫣然突然觉得脖颈子后面发凉，她打一个激灵，拿起手机来拨通保险公司的电话。保险公司给她的答复，是该车辆自行报废，没有报案，没有现场，也没有做任何理赔。傅嫣然随后给案发属地的交警队打电话，询问生日当晚的报案情况。值班交警查询系统记录，说当晚只有一起报案，属于驾驶不慎造成一辆沃尔沃越野车报废，因为没有任何人员伤亡，交警队只做了一个简单记录。傅嫣然问值班交警，遇到这种情况，报废车辆会如何处理。交警说，如果没有交通事故纠纷，报废车辆会被送到就近的七号废旧车辆拆卸厂进行拆卸。

傅嫣然对爸爸和妈妈说有一个朋友聚会，晚上不在家里吃饭，便急匆匆出门了。妈妈在后面追赶着，给她披上一条披肩，叮嘱女儿慢点走路。傅嫣然把车开得飞快，她现在开的还是一辆红色沃尔沃 S100，方鹤鸣说是用保险公司理赔的钱，为她买的新车。此刻，傅嫣然不敢把这件事情往深处思考，她只想要一个真相，除掉心头越聚越浓的疑霾。

两个小时后，傅嫣然在昌平找到七号废旧车辆拆卸厂，她在停车场只转了半圈，就发现了那辆面目全非的红色沃尔沃 S100。来的路上，傅嫣然还一直在担心，担心车辆被肢解得无影无踪。看厂子的人，看到一位衣着光鲜的美女开着一辆豪车进来，急忙跑过来询问。傅嫣然给看厂子的塞了两百块钱，叮嘱他先不要拆那辆红色沃尔沃越野车。看厂子的人不敢接钱，他先问傅嫣然要干什么。傅嫣然说是一起事故纠纷，她要找厂家的技术人员来检验那辆红色越野车。看厂子的人面露难色，傅嫣然从包里数出一千块钱，塞进他的手里。看厂子的人把钱揣进兜里，拍着胸脯子向傅嫣然保证，说把那辆红色越野车留存一年都可以。傅嫣然给沃尔沃公司打电话，要求厂家派技术人员到七号废旧车辆拆卸场，对 S100 进行检测。厂家答复说，他们没有责任对一辆没有安全争议的报废车辆进行检测。傅嫣然说，如果你们不对车辆进行检测，我就把自己发生事故后，S100 没有一个安全气囊弹出的事实公布到网络上。接线员说，自己不能做主，要向自己的部门主管汇报。半个小时后，沃尔沃公司打来电话，让傅嫣然前往公司进行申报登记，他们会在最短的时间对车辆进行技术检测。

三天之后，傅嫣然拿到一份沃尔沃公司出具的检测报告，报告显示：车辆的各项安全性能均处于正常状态，安全气囊被人工锁定，不属于产品出品方的责任。

傅嫣然不动声色，她先是给爸爸妈妈买上机票，胡乱找一个借口，打发双亲回了宁波。母亲甚是放心不下，到了机场还在问傅嫣然，不是说好了一直要待到孩子出生过完满月，如何现在就让他们回宁波？傅嫣然说，方鹤鸣的父母要来照顾自己，两边亲人的情绪都要照顾到，所以才让爸爸妈妈暂时回宁波，等到孩子出生时，再让爸爸妈妈来北京伺候月子。

送走父母当晚，傅嫣然驱车直奔十三陵别墅。她在路上给方鹤鸣打电话，说今晚想去别墅过夜，希望他也一起来，说有重要事情商谈。傅嫣然坐在二楼客厅里，独自倒上一杯红酒，直到喝完两瓶红酒，方鹤鸣才带着酒意走进来。傅嫣然询问起车辆保险的事情，方鹤鸣有些不耐烦，说是交由司机小林处理的。傅嫣然说，保险公司根本就没有支付理赔款，难道是小林自掏腰包垫付的一百一十万？方鹤鸣闻听此言，酒顿时醒了一半，怔怔地望着傅嫣然。傅嫣然面无表情，平静地询问："你邀请我去别墅过生日，我到了这里，不仅没有朋友，连做饭的保姆都不在，难道你是准备亲自下厨给我煮菜吗？可是你没有，因为我到别墅的时候，你正一个人独自喝着闷酒，大概是在算计我车祸遇难的时间。你看见我之后，吃惊的不是我浑身是血，而是发现我还活着，我说得对不对？”

方鹤鸣脸色很是难看，面部肌肉微微有些抽搐：“你……是不是突然怀孕，心理上还接受不了？很多女人有过类似经历，心理学称之为妊娠抑郁。”

傅嫣然没有理会方鹤鸣的话，追问道：“请你回答我的问题。”

方鹤鸣苦笑一下：“我那么爱你，怎么会对你做这种事，你真是莫名其妙。”

傅嫣然说：“你曾经很爱我，我能感觉到，但是从你得知我在巴黎的经历之后，你就不再爱我了，不仅不爱，还盼着我死掉。”

方鹤鸣说：“怎么会呢，你喝醉了，你真的应该去看心理医生了……”

傅嫣然说：“会！你不想离婚，因为离婚你要付出所有资产一半的代价，你不甘心把自己辛苦创业得来的家业给一个曾经的妓女。”

方鹤鸣站起身来：“傅嫣然，你真是越来越不像话了，我原谅了你的过去，你不但不知恩图报，反而回过头来诬陷我，你还有良心吗！”

傅嫣然笑了笑：“你没有原谅我，你处心积虑，谋划了在我生日那天的车祸，就是想让我死于非命，不仅除掉我，还能保住自己的半壁家业。”

方鹤鸣说：“你在血口喷人，你……你有什么证据，说我要除掉你？”

傅嫣然从包里拿出沃尔沃公司的检测报告，扔在茶几上：“这是沃尔沃公司的检测报告，有人提前锁定了气囊，方鹤鸣，你真的歹毒，把一起谋杀策划得天衣无缝。”

方鹤鸣说：“我如果真的要杀你，现在也可以动手。”

傅嫣然不屑地笑了笑，说道：“你真的觉得自己有把握对付一个跆拳道全国冠军？你之所以没有动手，是因为我怀孕了，你们家三代单传，所以你想要个孩子，继承你的家业。这就是我还能活到今天的原因，我只要肚子里有这个孩子，我就是安全的。”

方鹤鸣有些激动，也有些语无伦次：“你简直是疯了，简直是无稽之谈！”

傅嫣然缓缓起身，走到落地玻璃窗前，推开一扇落地窗，走了出去。她一骗腿，跨越到了栏杆外面，双手抓住栏杆，回过头来对方鹤鸣说：“我不会让你的阴谋得逞。”

方鹤鸣冷笑一声：“这是二楼，摔不死，你顶多摔断腿。”

傅嫣然说：“我不是为了自杀，我是不想给你这个阴险的人渣生孩子。”

说罢，傅嫣然纵身从二楼跳了下去。方鹤鸣没想到傅嫣然会这样极端，他急匆匆跑下楼来，看到傅嫣然卧在地上痛苦地挣扎着。他走近傅嫣然，冷冷地说：“你肚子里的孩子要是保不住，你也不会得以善终。”

傅嫣然抬起头来：“我……只要一天不在朋友圈发帖子，我法国的前男友就会把我给他的资料公布于众，不信你就试试看。”

方鹤鸣恨恨地跺着脚，咬得后槽牙“嘎嘣嘣”直响，他打电话给司机小林，让他送傅嫣然去医院。傅嫣然身体没有大碍，只是扭伤了脚踝，肚子里的胎儿也没有受到影响。方鹤鸣在医院门口叮嘱小林，让他找几个道上的兄弟，不分白天黑夜看管着傅嫣然，寸步不离。

傅嫣然在医院醒来的时候，一缕阳光透过雾霾，照进病房。她为自己昨天晚上的冲动深深自责，因为孩子是无辜的。

十四

一阵暖风带着丝丝凉意扑面而来，几片花瓣飘落在肩头，宋雨田拈过一片，放进嘴里嚼嚼咽了下去。宋雨田认得这娇艳的粉红色，是桃花瓣，他从小就喜欢桃花，也喜欢吃桃花瓣。司仪笑着讲话了，说刚才是彩排，现在婚礼仪式正式开始。宋雨田急忙整理好衬衣，但是没有舍得掸落肩膀上的两片花瓣，他想穿上西装遮住花瓣，却如何都找不见自己的西装。宋雨田有些着急起来，新郎找不到西装如何举行婚礼仪式。就在此刻，音乐响起，司仪高声宣布有请新郎新娘。宋雨田心想，不穿西装也罢，正当他准备迈步上前的时候，发现傅嫣然穿着洁白的婚纱，挽着方鹤鸣的胳膊走出来。宋雨田急了，举着手喊道："嗨！嗨！我是新郎……"

宋雨田还没有完全醒透，意识到这是一个梦，而且，还是续了曾经做过的一个梦。在先前做过的那个梦里，他才是新郎，傅嫣然还是新娘。宋雨田努力不想让自己醒来，他期待着把这个梦续下去，可是已经不可能了，他叹了一口气，坐起身来。

小格问道：“做梦了？”

宋雨田没有说话，只是点点头，他担心小格没有看到自己点头，随后又补了一句：“做梦了。”

小格问道：“你为什么不肯往前走，你恐惧未来吗？”

宋雨田说：“这个世界上，就有这样的一些人，他们沉浸在过去，不肯往前迈步。你可以说是他恐惧未来，但是我知道，他们不是恐惧未来，而是心怀过去。不肯往前迈步，是因为在等待，等待的原因，是不想把曾经相爱的人留在黑暗里。”

小格突然笑起来：“其实，在黎明的彼岸，你曾经的爱人都在为你着急，她正在冲着你挥手呢，嗨！傻子，我已经过河了……”

宋雨田也要过河了。小格已经搬进耳房，与宋雨田同居。最后，还是小季主张，给他俩在西四环附近租了一套宽敞的公寓。用小季的话说，你宋雨田不能太自私，你的眼睛是看不见了，但你不能让人家小格每天看着这间破房子添堵。宋雨田的妥协是有限的，他跟着小格搬进高档公寓，但还是保留了耳房。宋雨田的理由是，他已经支付了三年的租金。最后，还是小格出来打圆场，她对小季说："给他留一点念想吧，因为他看不见，只能念想。"

《虐爱穿心》暂停了，因为男主人公已经回到了北京，下面的故事如何进行，宋雨田把自己交给了时间。小格巴不得不写《虐爱穿心》，让一个女人每天倾听他爱的男人对另一个女人的思念，这是世界上最温柔的酷刑。《心房》的续集有了一个更商业的名字，叫《心房之渗透天网》。名字是小敏和小季策划的，宋雨田不喜欢这个书名，他觉得自己要表达的东西与名字不符。小季冲着小敏摆摆手，示意她不要争了。从宋雨田的公寓出来后，小敏问小季为什么不坚持？小季说："最后出版由你来定，你想用什么名字都行，反正老宋看不见。"

小格每天除了帮宋雨田写《心房》续集，把所有时间都用来网购和布置公寓。写作时常会被送快递的小哥打断，宋雨田有些恼火，他冲着正在门口签字的小格嚷嚷道："以后网购能不能集中一家公司来送？"

小格说："每家店铺用不同的快递公司，我怎么左右得了。"

宋雨田说："那就在一家店铺买东西。"

小格笑着说："卖衬衣店铺还会再卖水果吗？"

这时候，送快递的小哥插话了："里面说话的，是……是宋作家吗？"

送快递的小哥正是小艾，宋雨田一直让小季帮他找的那个小艾。

宋雨田的听力变得越来越灵敏，他在小艾一句话问完，就分辨出了他的声音。宋雨田连盲杖都顾不得拄，就张着双手往门口走去，紧紧拥抱着前来送快递的小艾，久久不肯松开。宋雨田与小艾也算是故人重逢，两个人不胜喜悦，相互诉说了别后遭遇。宋雨田一定要小艾留下来吃饭，小艾也不推辞，他说先把剩下的几份快递送到，回头过来吃饭。小格问小艾大概需要多长时间，她好做饭。小艾说都在附近小区，超不过半个小时。小艾刚出门，宋雨田就让小格去超市采购，说多买一点肉，因为小艾喜欢吃肉。小格刚要出门，宋雨田又把她叫住，叮嘱她买一点啤酒。小格难得见到宋雨田这般开心，她愉快地答应着。宋雨田随即又改了主意，说不要啤酒，买白酒。小格问他为什么？宋雨田说，啤酒你拎回来太重，再说，我喝了啤酒会多上厕所，不方便。

宋雨田独自一个人坐在公寓里，一直等了一个多小时，小格和小艾居然没有一个人回来。小艾分明说要给附近几家送快递，最多半个小时。小格要去的超市更近，每次她从公寓去超市买东西，十几分钟便可来回。宋雨田的第六感觉是出了意外，但他没有手机，无法跟两个人联络。自回到北京后，宋雨田拒绝再用手机，而且听见手机铃声响，也会莫名烦躁。几个重要联系人的手机号，全部存在小格手机里，宋雨田每次要打电话，都是通过小格的手机联络。宋雨田有些坐不住了，他摸到盲杖，准备出门去探听究竟。就在他要开门之际，小格和小艾一起走进来，宋雨田问二人为什么去了这么久，两个人竟一起沉默不语。宋雨田催促道："到底出了什么事？"

小格先开口了："我从超市回来的路上，看到一个男人在打小艾，那个男人壮得很，我一个女人上前帮忙也无济于事，就在旁边把他打小艾的过程用手机录下来，现在已经发到网上了。"

宋雨田摸索到小艾，关切地问道："打伤了没有，他为什么打你？"

小艾说："还好，就是抽了我几个耳光，踹了我几脚。"

宋雨田问："为什么？"

小艾说："我送完几份快递，回来的路上，遇见一个熟人，你猜是谁？"

宋雨田问："谁？"

小艾说："喷子。"

宋雨田嘴角抽搐一下，没有说出话来。小艾接着说："我赶紧掉转三轮车，去追他，可我拐弯拐急了，剐蹭了一辆小轿车，那个轿车司机下车后，看我一个送快递的，讹不出几个钱，就开始打我，结果，喷子也跑得没影了。"

宋雨田咽了口唾沫："你确定是喷子？"

小艾说："我肯定，那天晚上，东北帮只有喷子和义哥两个人逃了……"

宋雨田急忙制止住小艾："算了，我们先吃饭吧。"

小格问小艾："喷子是谁？"

小艾看了一眼宋雨田，见他没有阻止，便说道："一个东北臭流氓，是他弄瞎了宋作家的眼。"

傅嫣然被软禁在十三陵别墅里,起居室也被从二楼搬到一楼,大概是防她再跳楼。方鹤鸣让司机小林从道上找来四个小兄弟,全天二十四小时看管着傅嫣然,方鹤鸣还拿走了傅嫣然的手机,不让她与外界联络。傅嫣然每天的活动范围,仅限于别墅内。她若是需要什么东西,全部由看守通知小林,小林或派人或亲自开车送来。傅嫣然要求上医院进行生化体检,也有两个看守开车,一路跟着去医院做各项检查。四个看守里面有一个叫崔伟的,这人年纪不大却是个话痨,一天到晚口无遮拦,看见什么都要发表一通见解,十足的嘴贱之人。傅嫣然不想跟这些人交流,每天拽着松狮犬,或跟狗散步,或跟狗说话。偏偏这只松狮犬得了懒病,连吃狗粮的时候都懒得迈步。傅嫣然让看守买来一条遛狗的绳子,每天生拖硬拽,拉着松狮犬遛弯。崔伟一边跟着傅嫣然后面散步,一边发表见解:"这只狗的前世肯定是只猫,因为,狗都是巴结人的,只有猫才懒得搭理人。猫比狗贵气,所以猫有九条命。狗都是贱狗,只有一条命。这只狗前世要真的是只猫,说明它前世造孽了,要不怎么会从贵气的猫托生成一只贱狗。"

傅嫣然拖着松狮犬在别墅院子走了一圈，累得通身是汗，赶忙去冲澡。崔伟和另外一个看守，尾随着傅嫣然进入客厅。傅嫣然拿着浴巾走进浴室，看到崔伟站在旁边，便没好气地斥责道："你该不是要看着我洗澡吧？"

崔伟赶忙往回退两步，嬉皮笑脸地说："哪能呢，我也是一个有素质的人，不能干那种没素质的事儿。但是，您也要体谅我们的难处，收了人家的钱，就得对得起这份工作……"

傅嫣然"咣当"一声，狠狠地摔上浴室的门，从里面把门锁死。崔伟冲着同伙吐了一下舌头，自觉无趣，随意捡起一本杂志来看。昨天，小林开车过来送菜和啤酒，顺便给他们带来一些杂志，供四个看守打发时间。约莫十多分钟后，浴室的房门打开，傅嫣然用干毛巾搓着头发走出来，对崔伟说："给小林打电话，说吹风机坏了，让他赶紧送个新吹风机来。"

崔伟手捧着杂志，两只眼睛直勾勾盯着傅嫣然，眼神里荡漾着淫意。傅嫣然用一条浴巾围挡在胸部，胸部以上完全暴露着，雪白的肌肤上还挂着水珠，十足的撩人心火。傅嫣然骂了一句无耻，擦搓着头发走进卧室。另一个看守实在看不下去，用胳膊肘碰了碰崔伟，说人都进屋了还发什么呆。崔伟这才回过神来，继续翻杂志。突然，崔伟尖叫起来："我×！这个人真的是作家……他真的是作家。"

另一个看守被崔伟吓了一跳，骂他是神经病，说他那副贱×性还会认识作家。崔伟把杂志举到他眼前："这个作家，我不光认识，而且还把他打了个半死，你看看，你知道他的眼是怎么瞎的，就是老子亲手给他用药水烧瞎的。"

傅嫣然换了一身宽大的睡袍走出来，正好听见崔伟的话，她急匆匆走到崔伟跟前，把那本杂志拿过来，看到杂志上的人正是宋雨田。傅嫣然抬头看了一眼崔伟："你认识这个人？"

崔伟摸不清傅嫣然的路数，支支吾吾没有回答。一旁的看守对傅嫣然说："不光是认识，那作家的两个眼就是他烧瞎的。"

傅嫣然强忍住怒火，她知道崔伟这类人喜欢吹牛，但是让他们觉察到危险，口风也会很严，问不出来一句真话。于是，傅嫣然装作不经意地翻了翻杂志，随手扔到客厅沙发上："我读过这个作家写的书，还凑合，只是不知道写书的人居然是个瞎子。"

得知傅嫣然只是宋雨田的读者，崔伟打开话匣子，把宋雨田在杂多的遭遇，添油加醋说了一番。最后，他还不忘加上一番点评：“这个宋作家也是死心眼儿，他把头草交出来不就得了，保住自己的眼，还能再去挖，可这个人一根筋，舍命不舍财，那就怪不得我下手了。”

傅嫣然咬着牙根问道：“为了一点虫草，你就能烧瞎一个人的眼？”

崔伟说：“这个怪不得我，东北帮有个规矩，每个入伙的人都得毁一双眼，作为入伙的投名状，不是我非要烧这个作家的眼，是他正好碰到我手里了。”

崔伟就是喷子，那天晚上被陕西帮伏击之后，只有他和义哥两个人逃了出来。义哥受够了大西北的苦寒，决心到大都市闯荡，喷子誓死追随，于是，俩人便来了北京。蛇有蛇道，鼠有鼠道，义哥带着喷子很快在北京扎下根儿。义哥在青海抢了三年虫草，积累下上百万积蓄。有钱就等于有人，义哥网罗了一群游手好闲的乌合之众，号称要在大城市做大生意，到头来却还是只能帮人看个场子打个架。经人介绍，小林找到义哥，要四个看守，日夜看管一个女人。义哥开价四个人一个月五万，小林跟他砍价砍到三万成交，回去却跟方鹤鸣报价六万。方鹤鸣问小林，找来的人可靠吗？小林拍着胸脯说，老大您就放心吧，义哥是俺们东北老乡，从小一起光屁股长大，关系杠杠的，光听他的名字，您就知道这人的脾气了，义薄云天。

这一夜，傅嫣然彻底失眠了，她终于明白宋雨田的眼睛是怎么瞎的，也能猜测到宋雨田失踪这半年，经受了怎样痛苦的心路历程。如果像崔伟说的那样，宋雨田把头草埋藏了，他的眼睛被烧瞎之后，又是怎样找到自己藏埋的头草呢？他一个人，是如何从海拔四千多米的那曲，回到杂多的呢？回到杂多，寄出头草后，他应该才下定决心跟自己分手的，难道只是怕拖累我吗？雨田啊雨田，你这样做太自私了！执念害了你，可悲的自尊害了你，也害了我。此刻，傅嫣然几乎咬破嘴唇，让自己下了决心：一定要回到宋雨田身边！

第二天，傅嫣然说有要紧事要找方鹤鸣商议，消息经由看守传达给小林。当天晚上，方鹤鸣来到别墅。傅嫣然说自己想通了，她也想要这个孩子，前提是不能有人看管着她。方鹤鸣说不着急，一切等她生完孩子再说。傅嫣然冷笑着说："等我生完孩子，然后再给我制造一场意外死亡？"

方鹤鸣站起身来说："如果，你找我来是为了吵架，我这就走了。”

傅嫣然说：“你等等，我找你来是协议离婚。”

方鹤鸣问：“怎么协议？”

傅嫣然说：“你下回带律师过来，废弃我们以前的约定，我不要你一分钱，我只要离婚。”

方鹤鸣问：“孩子呢？”

傅嫣然说：“条件就是孩子归我，如果你有异议，可以去法院起诉。”

方鹤鸣第二天忙不迭带着律师过来，按照傅嫣然所说，把婚前约定“男女双方今后不管因何种原因离婚，双方均拥有夫妻双方共同财产百分之五十的分割权”去掉。傅嫣然签完字之后，方鹤鸣长舒一口气，他没想到傅嫣然这么轻易地放弃数亿资产的拥有权。傅嫣然要求签署协议离婚文件，方鹤鸣说要等孩子生下来再签署。傅嫣然怒不可遏，抄起一只花瓶朝着方鹤鸣砸过去，方鹤鸣抱着脑袋跳开，花瓶把客厅的鱼缸砸个粉碎，两条金龙鱼在地上胡乱蹦着。

第二天，傅嫣然说自己肚子疼，要求送她去医院检查。崔伟打电话请示小林，小林请示方鹤鸣，方鹤鸣让四个看守一起跟着傅嫣然去医院做孕检。傅嫣然进了孕检室，崔伟和另一个看守跟进去，被护士推出门外等候。傅嫣然这次做的是孕期遗传病及癌症基因筛查，光是血液就抽了六管。抽完血，护士让她坐在一边休息，并让她及时补充水分。傅嫣然趁着护士不备，溜进抽血室旁的医生休息室，找了一件医生的白大褂穿上，再戴上一个口罩，大摇大摆从崔伟他们眼前走出医院。傅嫣然来到大街上，打了一辆出租车，直奔耳房而去。

到了耳房，傅嫣然使劲敲打房门，直到把房东老张从正房敲出来。老张听说傅嫣然来找宋雨田，就问傅嫣然跟宋雨田是什么关系？傅嫣然说是宋雨田的朋友。老张摇摇头，说你们不是朋友。傅嫣然问老张："你为什么这么说？"

老张说："宋作家的朋友，今天都在丽思……卡什么顿大酒店喝喜酒呢，给我也下了请帖，我这么一个土老帽儿，就不去五星级酒店给宋作家丢人现眼了。"

闻听老张的话，傅嫣然有如五雷轰顶，她赶到丽思卡尔顿酒店的时候，宋雨田和小格的婚礼正好进行到高潮。小格一袭洁白的婚纱，衬托出满脸幸福的红晕，引得身后的小女花童时不时走到侧面，看一眼小格，再笑着跑回到小格的身后。宋雨田的西装是今天早晨才送到酒店的，是那个被宋雨田骂"滚"的女记者送来的，作为她们杂志和那家品牌西装店的赞助贺礼。小季让小格不要告诉宋雨田，因为西装不是白穿的，两家还支付了五十万的酒店费用。为了日后的商务运作，小季专门成立一家经纪公司，公司的核心人员是小季、小敏和小艾。

《结婚进行曲》是乐队现场演奏，司仪不仅嘴巴说个不停，手势也打个不停，看上去，活像是一个爱说话的乐团指挥。方鹤鸣坐在大学同学的酒桌上，正在标榜自己如何去青海、去玉树、去杂多寻找宋雨田，而当时自己的公司正在运作上市的紧要关头，听得男同学们血脉贲张，女同学们眼含热泪。在某贫困县做小官僚的班长，做了总结性发言："老方能够成就今天的这番事业，与他的肝胆和血性是分不开的。"

小格用力挽着宋雨田的手臂，两个人缓步走上礼仪台。宋雨田于喧闹中忽然嗅到一股花儿的清香，紧接着，他就感受到空中撒落下来的花瓣雨，就如同那个熟悉的桃园梦境。他捏起一片飘落在他手心里的花瓣，轻轻放进嘴里。突然，听见司仪朗声笑道："看看！看看！我们的新郎已经迫不及待地要吃下他的花儿，就算您再心急，也得等着仪式结束才能入洞房，朋友们说是不是？"

宋雨田感到一阵恶心，他差一点吐掉嘴里的花瓣，司仪的幽默就像他刚刚端起一杯清茶，便有一只嗡嗡叫着的绿头苍蝇落进茶杯。他的本意是不想举办婚礼，可是小季不由分说，就把宋雨田年迈的父母接到北京，并极力怂恿父母坚持要一个体面的婚礼。宋雨田一向厌恶中国式的婚礼，闹洞房、闹新郎、闹新娘、闹伴娘，除了恶俗的闹腾，缺乏婚姻神圣的仪式感。

接下来，司仪进入婚礼主持程序化部分，让证婚人宣读证书、让双方父母接受新人鞠躬、互换婚戒……司仪朗朗的男中音再次响起："多么温馨浪漫的时刻，在座的朋友，有没有反对这场天赐良缘的？"

这时，傅嫣然突然闯了进来，高声喊道："我反对！"

刹那间，全场的目光都落到了傅嫣然身上，她没有环顾左右，径直朝着礼仪台走去。宋雨田敏感的听觉，一下子就捕捉到傅嫣然的声音，不由得浑身一颤，就连挽着他的小格都感觉到了。方鹤鸣迅速起身，迎着傅嫣然走过去，一把抓住傅嫣然，急匆匆朝着宴会厅门口走去。傅嫣然奋力挣扎着，高声喊道："宋雨田，你自以为是个圣人，可你根本不知道自己有多愚蠢……”

司仪急忙给了乐队一个手势，乐队瞬间把轻缓的《婚礼进行曲》奏成欢快的拉丁舞曲，器乐声瞬间淹没了傅嫣然的叫喊声。宋雨田急忙问道：“是傅嫣然，傅嫣然怎么了？她怎么了？”

小格幽怨地看了一眼宋雨田：“不知道，她被她的丈夫拖出去了。”

方鹤鸣裹持着傅嫣然，把她硬生生地拖出宴会厅。小季和小艾紧跟了出来，还没有待他俩询问，方鹤鸣便把傅嫣然推给司机小林，小林把傅嫣然拖出酒店。小季问方鹤鸣是怎么回事？方鹤鸣说傅嫣然喝多了。小季问道：“你不是说傅嫣然怀孕了吗？”

方鹤鸣说：“她是怀孕了。”

小季问：“怀孕了还喝酒？”

方鹤鸣说：“女人嘛，任性。”

婚礼仪式礼毕，婚宴开始，新郎和新娘开始敬酒。敬酒到了大学同学这一桌，宋雨田问方鹤鸣，傅嫣然刚才是怎么回事？方鹤鸣说，可能是产前忧郁症。宋雨田迟疑一下：“你要好好待傅嫣然，人生遇见这样的女人，是男人的福报。”

方鹤鸣说：“是不是福报，不能把话说得太早，过着看吧。”

宋雨田趴在方鹤鸣耳边，低声说：“在玉树的时候，你我没有相认，我就知道你爱上了傅嫣然，我希望她有一个好的归宿。”

傅嫣然被崔伟等人带回十三陵的别墅，她一个人伏在床上，哭晕过去好几回，把一双漂亮的杏核眼哭成两个烂桃。傍晚时分，醉醺醺的方鹤鸣走进别墅，他警告傅嫣然要恪守妇道，如果再让他在公众面前没面子，他就不客气了。傅嫣然对方鹤鸣的话置若罔闻，脸上没有丝毫表情。方鹤鸣冷笑一声：“别再对那个瞎子抱什么幻想了，人家现在是畅销书作家，有钱有名有社会地位，当然要找一个身世清白的女人做老婆。他当时不介意你在法国的放荡经历，那是因为他一文不名，渴饮盗泉之水，饥受嗟来之食。这个世界上，除了满地的欲望，哪来的那么多高尚。”

傅嫣然斜睨一眼方鹤鸣，说道：“管窥蠡测之徒，才会饮盗泉水，受嗟来食，你在名利场浸泡得太久了，永远无法明白宋雨田的真诚和高尚。”

方鹤鸣说：“算了吧，他连面对你的勇气都没有，只会一味逃避，何来的真诚和高尚。”

傅嫣然说:“有时候,逃避比面对更需要勇气。”

方鹤鸣打着酒嗝说:“宋雨田真像你说得那么勇敢,就不会在玉树跟你面对面,还不敢相认了。”

傅嫣然一愣怔:“在玉树不敢跟我相认?哦……我们在玉树,你看见了雨田,却故意不告诉我,还假惺惺陪着我去杂多找人,是不是?”

方鹤鸣酒后说漏嘴,想收回来已经不可能:“我的隐瞒成全了你们两个人,成全了宋雨田的高尚,也成全了你傅嫣然嫁入豪门,善莫大焉。”

傅嫣然狠狠地骂了一句:“你真是一个卑鄙的伪君子!”

方鹤鸣不想再跟傅嫣然理论,他摔上卧室的房门,走出来。在门口,方鹤鸣叮嘱崔伟等人,要对傅嫣然严加看管,如果再让她一个人四处乱跑,就会找他们老大义哥告状。崔伟等人唯唯诺诺,谁都知道义哥心狠手辣,组局时间不长,他已经剁了手下两个兄弟的手指了。

走出别墅,方鹤鸣看见平时慵懒的松狮犬正被一只野狗抱着操练,他走上前去狠狠地踢了野狗一脚,两只正在浪头上的狗哀嚎着跑开。方鹤鸣对着松狮犬骂道:“平时装得像个贵妇,淫荡起来狗尽可夫。”

方鹤鸣和小林走后,崔伟装作送水,进了傅嫣然卧室。看到傅嫣然一身紫纱睡衣,身材曲线若隐若现,禁不住心猿意马起来。傅嫣然抬头看见崔伟色眯眯的眼神,心中顿生厌恶,大声叱责让他滚出去。崔伟赖唧唧地对傅嫣然说:“没事别瞎跑,看把你手腕抓的,这青一块、紫一块的,哥瞧着都心疼。”

傅嫣然说:“流氓假仗义,滚出去!”

崔伟一边往门口走,一边说:“真是好心当作驴肝肺,啧啧啧。”

傅嫣然突然叫住崔伟:“站住,你要是真的有好心,就在这里陪着我,说说话,解解闷。”

听到这番带有挑逗暗示的话,崔伟如闻仙乐,两腿发软,他轻飘飘地挨着床前脚榻坐下:“妹妹……妹妹想听什么,哥给你讲。”

傅嫣然尽量把声调放轻柔:“给我讲讲,你在杂多抢虫草的传奇经历吧。”

傅嫣然把抢劫冠以“传奇”二字,崔伟听后更加飘飘然,于是,便把在杂多做过的几起案子,添枝加叶一一讲述给傅嫣然听。一直说到东北帮遭遇陕西帮埋伏,他崔伟神勇无比以一当十,挥刀杀出一条血路,把老大义哥从死人堆里背着逃出来。而后,东北双雄闯荡北京城,运用互联网+的思维,短短半年时间开创出一番大事业……这一通足足喷了三个钟头,崔伟的唾沫星子喷湿了半截脚榻,闪闪发亮。傅嫣然对崔伟说:“你出去歇了吧,我累了,要睡觉。”

崔伟说:“我还有很多传奇经历,老精彩了,老妹要不要听?”

傅嫣然忍耐不住厌恶的神情:“改天再喷吧。”

崔伟说:“改天就怕来不及了。”

傅嫣然问:“来不及,是什么意思?”

崔伟压低声音说:“最近,义哥正在策划一个大局,等这单生意做完了,我们哥儿俩就准备远走高飞了。”

傅嫣然问:“远走高飞去哪里?”

崔伟摇摇头说:“去哪里,我也不知道,肯定是国外,义哥打算在那里隐姓埋名,从今以后做慈善事业,彻底改头换面。”

傅嫣然说:“你又在吹牛吧。”

崔伟从上衣口袋里掏出一本护照,递给傅嫣然:“我们这个月刚刚办好护照,你看看,哥没吹牛。”

一周后,傅嫣然去医院咨询孕检结果,四个看守寸步不离守在医生办公室门口。傅嫣然走进去坐下后，医生问她家属来了没有？傅嫣然说没有，有什么事直接告诉她就可以了。医生迟疑了一下，说最好让你的爱人或家属在场。傅嫣然说不用，还说自己什么结果都承受得住。医生叹了一口气，对傅嫣然说："我很遗憾地通知你，你得了胰腺癌，而且还是晚期。"

傅嫣然如同被雷电击中，呆呆地坐在那里，大脑一片空白，两行清泪不知不觉流了下来。医生抽了两张纸巾给她，她机械地接过纸巾，却忘了擦眼泪。傅嫣然抚摸着肚子，问医生："能等到孩子降生吗？"

医生摇摇头说："几乎没有这个可能。"

这一夜，傅嫣然彻底失眠了，她躺在床上烙了半夜饼，后来索性起床。后半夜，傅嫣然在卧室里来回踱步，一直到天亮。天亮时分，院子里传来胖松狮犬的哀嚎声，一声接一声，叫声中满是痛苦。傅嫣然觉得奇怪，走出卧室到院子里察看，发现胖松狮犬嘴角流着黑血，已然毙命。傅嫣然问是怎么回事。崔伟和另外三名看守躲在一旁，脸上泛着诡异的微笑。崔伟说，肯定是吃了老鼠。傅嫣然问，吃了老鼠也不至于死掉？崔伟说，肯定是那老鼠吃了鼠药，厨房里有一大包鼠药呢。

傅嫣然和崔伟还在说着话，另外三人已经把松狮犬挂在海棠树上，开始剥皮。傅嫣然瞪着惊恐的杏核眼问道："你们要干吗？"

崔伟笑着说："趁着刚刚毒死，赶紧剥皮吃狗肉，不然毒发全身，肉就不能吃了。"

傅嫣然一脸愤怒："连狗肉都吃，你们真是一群人渣，松狮犬肯定是被你们毒死的。"

傅嫣然怒气冲冲回到卧室，雪白的俏脸涨得通红。崔伟紧跟着傅嫣然进屋，向她解释道："老妹，这可不关我的事，我属狗，从小就不吃狗肉。"

傅嫣然做着深呼吸，让自己尽量平静下来。她站在落地玻璃窗前，盯着院子里三个人剥着热气腾腾的狗皮，胃里禁不住一阵翻腾。崔伟也走近窗前，紧挨着傅嫣然站着，傅嫣然没有躲闪。她问崔伟："这三个人都是干什么的？"

崔伟指着小个子说："他拐卖孩子起家，前后贩卖过三十多个孩子。那个刀疤脸以前是福建人，卖了好几年假药，吃死过不少人，脸上的刀疤就是被病人家属砍的。留小辫子的小子不知道什么来路，别看他岁数小，据说心黑着呢，手里有两条人命。"

傅嫣然故意往崔伟身边倚靠着，并仰起脸来说：

“吃一顿生猛海鲜容易，狗肉却不是容易吃到的稀罕物，你还不把你们义哥请来，正好借这个机会孝敬一下你们老大。”

崔伟眼睛一亮，对傅嫣然说：“义哥倒是喜欢吃狗肉，可是没有女人作陪，我们老大喝不爽。”

傅嫣然对着崔伟抛一个媚眼：“难道我不是女人吗？”

崔伟愣了一下：“老妹，你最近有点反常呀。”

傅嫣然说：“我讨厌方鹤鸣那种娘炮，就喜欢你和义哥这样快意恩仇有血性的男人。”

十五

卖假药的福建人很有手段，一狗两吃，一半原味清炖，一半蒜泥凉拌。崔伟去别墅地下酒窖，拎上来一筐子酒，白酒、红酒、黄酒，应有尽有。等到义哥到来的时候，原味清炖狗肉已经凉了，福建人主动张罗着去厨房加热。傅嫣然跟着进厨房，帮着福建人开灶点火。崔伟等人见到义哥，毕恭毕敬伺候着，让座沏茶倒酒。义哥瞄了一眼从厨房出来的傅嫣然，崔伟赶忙上前介绍，说傅嫣然就是他们这些天来保护的对象。义哥很谦和地跟傅嫣然握手问候，并帮着傅嫣然披上披肩，说是郊外夜晚寒凉，女人要注意保暖。义哥转头对喷子说："客户至上，信誉至上，是我们的企业文化，也是我们的核心竞争力，你们一定要不遗余力地服务好傅嫣然小姐，为公司品牌的口碑传播添砖加瓦。”

崔伟等人恭恭敬敬点头称是，每个人脸上都洋溢着猥琐的幸福。义哥最近看了几部美剧，变得比以前深沉了很多，一张嘴全是爱和人性。他招呼大家坐下说话，还强调自己不喜欢排场，就爱简简单单。义哥刚刚表述完自己的价值观，福建人就端着热气腾腾的狗肉上桌，众人等义哥举杯说完开场白，便大快朵颐。崔伟的确不吃狗肉，他从冰箱里找出来一个水晶肘子，就着下酒。傅嫣然不停举杯，引领众人喝酒，她倒是没有吃任何东西。一干粗人，平时喝花酒只遇到一些歌厅里的庸脂俗粉，不曾见过傅嫣然这般优雅的女人，若不是守着老大义哥，估计早就开始争风吃醋了。义哥在座，众人在言语上算是收敛了，便只好以酒量示殷勤，只要傅嫣然举杯，大家就会一饮而尽。因为已经有过一次肢体接触，崔伟自觉比其他人更亲近傅嫣然。知悉傅嫣然仰慕侠义英雄之气，崔伟喝酒喝得更加爽快，不知不觉已经有了八分醉意。突然间，小辫子捂着肚子，趴在餐桌上喊肚子疼。福建人笑话他，说他贪吃，不等狗肉嚼烂了就狼吞虎咽。傅嫣然给醉眼蒙眬的崔伟递了一个暧昧眼神，起身说要去卧室取件外套，便离开餐厅。酒壮色胆，崔伟趁着众人耍笑小辫子，也起身跟着傅嫣然进了卧室。义哥早已看出喷子起了色心，便想自己上手，等他起身时，却觉得两腿发软，腹腔传来一阵剧痛，瞬间摔倒在地上。

崔伟进入卧室，顺手将门反锁，迫不及待地从后面一把抱住傅嫣然的蜂腰。傅嫣然打了一下喷子的手，说外面那么多人，让他不要放肆。喷子说，外面的人不顶事了，都喝趴下了。傅嫣然推开喷子，娇嗔地说："既然都喝醉了，那就更不用着急了，去，躺床上。"

喷子的血液涌上头来，他没想到自己还有这等艳福，顺从地躺倒在床上，像个听话的乖孙子。傅嫣然走到床头坐下，斜倚在靠枕上，伸出一只手抚弄着崔伟的头发。崔伟一把抓住傅嫣然的纤手，立刻就要亲昵。傅嫣然说："别猴急，你听外面乒乒乓乓闹翻了。"

喷子说："别管，他们都喝醉了，闹腾呢。"

傅嫣然说："我去看看他们是不是真的喝醉了，咱们才好放开了玩。"

傅嫣然走出卧室，不一刻便回来，对崔伟说："真的喝醉了，都睡着了。"

喷子喘着粗气，咽了一大口唾沫："那咱就别干耗着了，快，快点，老妹儿。"

傅嫣然嗲声说："先把眼睛闭上，让你睁开的时候，你才可以睁开，我要给你一个惊喜。”

喷子淫笑着：“你们留过洋的女人真会玩儿。”

说罢，躺在床上的喷子闭上双眼，期待着惊喜。

傅嫣然浪声浪气地说：“还没有开始呢，我要把你绑在床上玩儿。”

崔伟说：“我在毛片里见过这种玩法，快，快绑上哥哥。”

一会儿工夫，崔伟的四肢便被捆在床上的四角，像个广播体操里的伸展运动。他感觉到傅嫣然上了床，并骑在自己身上。因为傅嫣然没有开口，他只好紧闭双眼。突然间，崔伟觉得两个眼皮一凉，紧接着一股钻心的刺疼，从眼睛处发散到全身。崔伟号叫一声，右腿挣脱了捆绑，死命踹出一脚，正好踢中傅嫣然的腹部。傅嫣然疼得差点晕死过去，她忍着剧痛，从地上爬起来。看见崔伟用右腿使劲踹着下床头，眼看要把床头踹断。傅嫣然走到门后，抄起一根高尔夫六号铁杆，对准崔伟右腿膝盖位置，狠狠砸下去。崔伟的膝盖骨当即粉碎性骨折，再也无力抬起来，更别说踹床头，他只剩下呼救喊叫了。傅嫣然扔掉球杆，冷冷地说道：“你叫破嗓子也没用，他们都死了。”

崔伟不再叫喊，他问傅嫣然：“他们怎么死的？”

傅嫣然说:“我在狗肉里面放了鼠药。”

不知道是因为疼,还是因为害怕,崔伟浑身颤抖了一下:“你为什么要杀我们?”

傅嫣然恨恨地说:“因为,宋雨田是我的爱人,他就是为了给我治病,才去杂多挖虫草的。”

崔伟说:“那你也可以报警,为什么要自己动手?”

傅嫣然说:“你们天天跟着我,我出不了这个门,也没有手机,我怎么报警?而且,你不是要跟你的义哥潜逃出国吗,我只能自己动手了。”

崔伟问:“你……你准备让我怎么死?”

傅嫣然说:“我不让你死。”

崔伟问:“为什么?”

傅嫣然说:“我留着你这个活口供,证明我不是滥杀无辜,让世人知道你们都是人渣。”

崔伟咬牙切齿地说:“你休想,我什么都不会说的,你这个臭婊子,你身背四条人命,你就等死去吧!”

傅嫣然没有理会崔伟,她去了客厅,拉着义哥的右手食指,解开他手机的指纹锁,然后拨打110报案。

宋雨田得知傅嫣然的事情,是在案发后的第六天。他当时如何都不敢相信,这起惊天惨案会是傅嫣然一手炮制的。宋雨田让小季找个律师,咨询一下什么时候可以去探望傅嫣然。小季给他回话,说是把傅嫣然移交检察院后,才可以探视。宋雨田嘱托小季,要帮傅嫣然聘请最好的律师。小季说:“人家是有夫之妇,聘请律师也轮不到你。再说了,你也是有妇之夫,请你顾忌一下小格的感受。”

宋雨田非但没有顾忌小格的感受,还把在写的《心房》续集停下来,又开始续写《虐爱穿心》。宋雨田也不是全然不顾忌小格的感受,他征求过小格的意见,如果小格感觉心里不舒服,可以让小季从公司里另派一个助理过来。小格说算了:“我已经熟悉了你的口音,还有你的修辞习惯,中途换了人,恐怕前后文风就搭不上了。”

傅嫣然是躺在医院病床上接受的审讯,因为崔伟那一脚正好踢中她的腹部,造成了流产。案情并不复杂,而且,傅嫣然在作案后第一时间报案并自首。经过勘察,案发现场与傅嫣然的供述完全吻合。她在炖狗肉里投放鼠药,毒死四人,将另外一人双眼挖掉致残。因此,警方很快向社会和媒体公布了案情,鉴于该案特殊性和残忍程度,警方没有披露具体细节。这个极端案件在网络上掀起讨论狂潮，所有人都在问，傅嫣然的作案动机是什么。

傅嫣然没有讲出自己的作案动机，只说这五个人都是死有余辜的坏人。警察说，是不是坏人应该由法律来裁定。傅嫣然说来不及了，他们最近准备做一起大案子，然后会潜逃出国。傅嫣然的口供没有得到崔伟的支持，因为崔伟在那天晚上就发下重誓，绝不会让傅嫣然的阴谋得逞。警方还给傅嫣然做了智商测试，没有发现任何异常。

方鹤鸣没有受到太多牵连，三方口供基本统一：傅嫣然不想生孩子，方鹤鸣便雇用崔伟等人对其严加看管。傅嫣然淡化方鹤鸣对其进行非法拘禁，完全感念他曾经为自己的付出。离婚是傅嫣然提出来的，她没有为自己要一分钱的财产，方鹤鸣痛快地签了字。法院为傅嫣然指派了一名姓冯的律师，冯律师问傅嫣然，为什么这么着急离婚？傅嫣然说："我不想以方鹤鸣妻子的身份离开这个世界。"

宋雨田与傅嫣然见面了，两个人前十分钟几乎没有讲话，只是各自流泪。宋雨田打破僵局，说是想用手摸摸傅嫣然的脸，监管的警察不光是出于同情，他恰好也是宋雨田的粉丝,便同意了宋雨田的请求。宋雨田用双手摸着傅嫣然满是泪痕的脸，对她说:“好遗憾,嫣然,我从未看见过你的脸……”

傅嫣然哽咽着说:“我也一样的遗憾,我们的眼神从未相遇过。”

宋雨田说:“还好,我们的灵魂一直没有分离过。”

…………

宋雨田为傅嫣然找了一位业界顶尖的刑事律师，并亲自为他介绍案情，该律师说要跟当事人先谈一下。结果,傅嫣然拒绝了宋雨田为他聘请的律师,仍旧选择了法院为她指派的冯律师,这让宋雨田、小季、小艾等人大惑不解。

开庭之日,宋雨田、小季、小艾、小格、小敏早早来到法院，看到傅嫣然的爸爸和妈妈已经在门口等候了。二老抓住宋雨田的手,千恩万谢他为女儿采挖虫草。宋雨田叹一口气:“我治得了嫣然的病,却救不了嫣然的命。”

法庭一审判处傅嫣然死刑,而傅嫣然也当庭表示服从法庭的判决,没有提出上诉。傅嫣然的妈妈当即哭晕过去,法庭顿时骚乱起来。傅嫣然被法警押送出去的时候，她的眼睛没有看任何人，包括哭晕过去的妈妈。法庭门外挤满了媒体记者，众人七嘴八舌乱问一气，傅嫣然神色平静，她没有回答任何提问，也没有看任何人。

小格似乎能够体谅宋雨田的心境，一个作家本来就需要很多情绪的堆积，没有一颗敏感、悲悯之心，也不可能成就一个好作家。他与傅嫣然之间的情感非同寻常，此刻，是傅嫣然生死攸关之际，宋雨田内心岂能平静。小格不再计较自己的感受，积极地配合宋雨田的写作，认真地提出建议，甚至帮助宋雨田分析他当时的情绪。《虐爱穿心》虽说是用笔记体原始记录的手法，可宋雨田和傅嫣然却是两个文艺范儿十足的年轻人，情感历程不仅跌宕，也足够感人。小季和小敏极力说服宋雨田，要将《虐爱穿心》出版，宋雨田始终没有答应，他说："人体的大脑中有一百二十亿个神经细胞，这些特殊细胞有死无生，每死掉一个脑神经细胞，就会带走一部分记忆。我生怕有一天，那些记载着傅嫣然的细胞都死掉，我的记忆里就再也没有这个人了。所以，我要写一部属于我自己的作品，其实，也就是想把一个人留在我的灵魂里。"

宋雨田说这段话的时候，小格站起身来，去厨房给大家煮咖啡了。小敏对宋雨田说："你这样不加掩饰地把傅嫣然留在灵魂里，就不怕伤了小格？"

宋雨田说："这个问题，我在结婚前就跟小格沟通过了，她同意在我的灵魂深处为傅嫣然留下一处地方。"

小季说："你不仅没有能力保护好自己的灵魂伴侣，也会伤害到自己现实中的生活伴侣，这是我最担心的。"

小格端着咖啡从厨房走出来，浅笑着说："我不担心，因为一个作家的灵魂足够深邃，他爱傅嫣然，也会更爱我。"

傅嫣然是采用注射执行死刑的。这个消息是冯律师告诉宋雨田的，同时还让宋雨田即刻去医院，接受傅嫣然为他捐献的眼角膜的移植。宋雨田闻听这个消息，半晌无语，只默默地流泪。小格一边给宋雨田递纸巾，一边陪他落泪，她似乎完全认可了心爱男人的这段虐恋。冯律师临走的时候，把一封信交给宋雨田，说是傅嫣然给他留下的一封信。宋雨田把傅嫣然的信递给小格："读给我听。"

小格推开宋雨田递过来的信，说："傅嫣然希望你自己打开这封信,亲自来读。”

小艾给宋雨田重新买了一副墨镜,很时尚的那种墨镜,看上去不再像个盲人。小艾给宋雨田送墨镜那天,还告诉了宋雨田一个消息:被害的四个男人中,顾义就是东北帮的老大义哥,而崔伟就是东北帮烧毁宋雨田眼睛的喷子。

小艾现在是经纪公司的副总,是宋雨田提议的。开始,小季不同意,理由是送快递的小哥做公司的副总,让人知道了对公司不利。宋雨田说:“肯把一万块钱留给一个今生可能再也不会相见的人,北京城有多少这样的快递小哥,你都给我招来。”

小季不再说话了,第二天就在经纪公司公布了小艾的副总职务。宋雨田又对小季说,别整天一头扎进钱眼儿里,在人生最好的时刻,不应该一个人独享,孤独是可耻的。小季说孤独是神圣的,爱情是残酷的,他不想舍弃神圣去拥抱残酷,但是不排除会要一个孩子。宋雨田说:“如果你想要个孩子了,就去找一个情商不高不低、财富不多不少、性情知冷知热的人生孩子,不用在意爱情。”

小季不喜欢讨论自己的私生活,忙着岔开话题:

“傅嫣然那封信说什么了？”

宋雨田摘下墨镜，仰起头，眯着眼睛望着湛蓝色的天空，脸上绽放出温暖的笑意：“傅嫣然要我答应她，在每一个晴朗的日子里，她都要看见我的微笑。”

《虐爱穿心》的结尾是傅嫣然给宋雨田留下的那封信：

雨田你好：

首先，我要恳求你的原谅，原谅我至死都没有让你看见我还算漂亮的容颜。你没有看见我如花的笑，也没有看见思念的泪；你想象不出我娇嗔时的可爱，也无法欣赏我落寞时的孤独。我多想在你面前展现真实的自己，一直以为我们有很多时光可以消磨，有一生的光阴供你我挥霍，谁承想，道一声再见即成永别。

我挚爱的雨田呀，我们俩在骨子里太相像了，都是力求完美的人，这样的人注定要承受很多。我一直想着，要把最好的自己给你。因此，我错过了我们人生最好的时刻。此刻想来，我们俩真是傻子一对。我一手造成这么多遗憾，你还会原谅我吗？

接下来，我就要怨你了，怨你把我想得太小。你为了给我治病，搭上一双作家的眼睛，这太愚蠢了。可这就是你，执着的你，一根筋的你。如果换作是我，我不知道能否做得比你更好，但我至少不会不辞而别，把你一个人丢在陌生的世界里。从杂多回到北京后，我的心从此无处安放。我不知道你是生是死，但我隐隐中一直有不祥的预感：你出了意外。

直到再次有你的消息，才得知你失明了，我知道你的失明肯定与我有关。可这个时候，我已经嫁为人妇，做了你同学方鹤鸣的妻子。我无法，也不敢去询问你的眼睛是怎么失明的，因为我承受不起真相。直到我怀孕后，通过一个偶然的机会，了解了你失明前后的经过，我心疼到难以言表。在我写给你的第一封信，也是最后一封信里，我不想提到那些肮脏的名字，他们都是十足的人渣，这也是我要对他们痛下杀手的原因。我拒绝上诉、拒绝你给我请的最好的刑事律师，不是我厌倦了生命，因为我已经在怀孕期间检查出罹患绝症。雨田，我求死之心，是担心拖延太久，癌细胞会侵蚀我的眼睛。

活着，是一件多么美妙的事情，可以看到花开花落，可以欣赏四季更替，可以饱览人世沧桑，可以与心爱的人去旅行，可以看着自己的孩子慢慢长大……可这一切，都已经不再属于我，我的人生里竟有这么多的遗憾。

雨田，你因为我而失明。所以，我要把眼角膜捐献给你，也要让你因为我而复明。雨田，你一定不能拒绝，我要你带着我的眼睛，去看昆仑巍峨、去看大漠日落、去看卢浮宫的博大、去看我留在塞纳河畔的足迹……都说眼睛是心灵的窗户，一个作家怎么可以关闭心灵的窗户呢。

最后，我还有一个请求，我要你在每一个晴朗的日子里，都要仰望天空，因为我要看见你明亮的眸子和开心的微笑。

好好保重自己，永别了，我的爱人。

永远爱你的嫣然